Tiara Label

ティアラ文庫

スウィート・マリアージュ

おじさま騎士と甘い初夜

永谷圓さくら

presented by Sakura Nagatanien

プランタン出版

イラスト／坂本あきら

目次

※本作品の内容はすべてフィクションです。

プロローグ　結婚の約束は

それは過ぎた幸せから零《こぼ》れた一言から始まった。

「名前はシルヴィア。可愛いだろう？」

アメルハウザー王国の次期国王は、小さな小さな赤ん坊を掲げながら楽しそうに嬉しそうに笑う。上の二人は男だったからと、初めての娘の可愛さに顔を崩している。

その笑顔が眩《まぶ》しくて、アルブレヒト・フォン・ジーゲルは目を細めた。

「ああ、可愛いな。瞳の色は奥方似で、髪の色はお前似か。おめでとう」

「だろう？　可愛いだろう？　可愛いよな？」

「解ったから落ち着け、フュルヒテゴット」

アルブレヒトにとってアメルハウザー王国次期国王のフュルヒテゴットは、恩人であり主君であり親友であり悪友であり盾仲間だ。

感謝している。敵わないと思う。

家の事情で城を飛び出したアルブレヒトを拾ってくれ、騎士として生きる環境をくれた恩人であり、アメルハウザー王国お抱えの騎士団という身分と住居まで与えてくれた。

「本当に本当に娘がこんなにも可愛いとは知らなかったよ」

「そうだな。お前を見ていれば解る」

「本当の本当に可愛いだろ？」

「……アンゼルムとレオンハルトの時も同じ事を言っていたな？」

本当ならばこんな口を利ける立場ではないと解っている。

かたや次期国王。かたや辺境伯《へんきょうはく》だったが家を捨てた一介の騎士。

戦場という地で初めて出会い、戦いの中で友情と信頼を深めていったせいか、アルブレヒトの言葉遣いを次期国王は気にしない。

特殊な環境下だったせいでもある。生死のかかった戦地で、本来なら心に止めておく事情や感情をお互いに吐き出したせいだろう。

全てを話した。冗談に交えて、嘯《うそぶ》き、茶化し、心にあった毒を吐き出した。十五歳だったアメルハウザー次期国王は国の憂いを、十歳だったアルブレヒトは親族同士の争いの嘆きを、まるで兄弟のように語り合った。

戦いが終わり数年が経つが、二人の言葉遣いに誰も何も言わない。

「息子の可愛さと娘の可愛さは違う！」

「解った解った……赤ん坊の前で大きな声を出すな」

「可愛いよな？　可愛いだろ？　可愛いって言え」

畳《たた》みかけるように言われなくても、実際に赤ん坊は可愛かった。

ミルク色の柔らかそうな肌に、茶の色が勝つストロベリーブロンド。薄いブラウンの瞳に赤い唇。

騎士なんて生業《なりわい》をしていれば赤ん坊とは縁遠くなる。騎士団に赤ん坊を連れてくるなんて論外だから、自慢話を聞く事はあっても実際に見る事は叶わない。

本当に小さい。掌に座り二の腕を枕にしている赤ん坊に、アルブレヒトは不可解な笑みを浮かべた。

じっと見つめてくる瞳に落ち着かない。

こんなにも小さくて生きているのだと不安になる。

「……それで、やっぱり結婚はしないのか？」

「ん？　ああ、何度も言うが私は結婚するつもりはない」

「まだ家はゴタゴタしてんのか？」

心配そうに顔を覗き込んでくるアメルハウザー王国次期国王を真似している訳ではないだろうが、腕の中の赤ん坊まで丸い目をしてアルブレヒトを見つめた。

次期国王という立場のせいだろうか、フュルヒテゴットを見ていると子供という存在がどれだけ大事なのか解る。

戦いの最中、フュルヒテゴットの血を残す為に奥方は無理を押して子を産んだ。婚約式も済んでない状況で子を産む事がどれだけ大事なのか、貴婦人である奥方は知っていただろう。

見ていたから解る。解るからこそ、アルブレヒトは苦笑するしかできなかった。

「家とは縁を切ってあるからな。どうなっているかなんて解らないさ」

「なら、アルブレヒト……お前の決意はジーゲルの名を継がせたくないだけか？」

「……遺産やら領土やら田畑やらの相続争いが懲《こ》り懲《ご》りってのもある」

「そうか……」

少し悩んだような顔をしたフュルヒテゴットは、やけに晴れやかな顔をして笑う。

嫌な予感がする。何かを企《たくら》んでいるのか。脳天気で軽く無頓着《むとんちゃく》に見えるアメルハウザー次期国王は、前向きで積極的な思考と持ち前の運の良さと勢いで生きていた。

「アルブレヒト。婿《むこ》養子に来い。娘が十七になったら婚約式をしよう！」

「…………は？」

「盾仲間であり親友であり、弟のようなお前にになら預けられる！」

「……だから、何を言い出すんだ、お前は？」

自分の名を捨て、相続争いの野心もないなら、王族としては反対も出ないだろう。アメルハウザー王国の一員となってしまえば、辺境伯ごときが手を出してくる事もない。擦り寄ってこようとしても、もはやジーゲル家との婚姻ではないと言い切れる。

物凄く清々《すがすが》しい笑顔で言ったアメルハウザー王国次期国王に、アルブレヒトの眉間の皺が数本増えた。

「お前にならっ！　アルブレヒト、頼んだぞ！」

「……何を言って、おい、フュルヒテゴット」

「ほら、シルヴィア！　お前の未来の旦那だ」

きらきらと輝くブラウンの瞳がアルブレヒトを見つめる。うーとか、あーとか、声にならない声を出して柔らかい小さな手を伸ばしてきた。

意味など解っていないはずだ。

なにせ言われた自分が解らない。

なのに、言葉が通じない赤ん坊に指を摑まれて、どう反論していいのか解らなくなる。

幸せのお裾分けなのか。今までに見た事もない機嫌の良さで笑っているアメルハウザー王国次期国王に、アルブレヒトは頭を鈍器で殴られるような目眩を感じた。

第一章　優しい彼の気持ちは？

シルヴィア・フォン・アメルハウザーには、生まれた時からの婚約者がいる。

自分がまだ小さな赤ん坊の時に決まった婚約だという。

もちろんシルヴィアには記憶はない。貴婦人の勉強を始める前から「未来の夫の為に上品に優雅に淑《しと》やかにあれ」と言われている。

嫌だった訳じゃない。むしろ嬉しかった。

政略結婚。親の決めた婚約者。国の政《まつりごと》で決定した婚姻。

婚約者であるアルブレヒト・フォン・ジーゲルは優しく気品があり、そして強かった。

ブルネットの髪に黒い瞳。少し長めの前髪を後ろに流して撫で付けてあり、襟足《えりあし》は短く切り揃えられている。瞳を間近で覗き込めば緑色に見える時があるのを、一体どれだけの貴婦人が知っているだろうか。普段の騎士の訓練では甲冑《かっちゅう》をつけない事が多いのか、兄達と同じく焼けた肌の色が羨《うらや》ましい。

しかも子供のシルヴィアをレディとして扱ってくれた。

小さな子供だからこその高いプライドを満足させてくれる。自尊心を擽《くすぐ》る扱いは丁寧で優しく優美で、思い出せば不思議になるぐらいに完璧だった。

「じゃあ、王国お抱えの騎士団の軍務隊長はシルヴィア様の婚約者なんですね」

「……二十三歳も年が離れているから……完璧に子供扱いなんですけどね……」

子供ではなくレディだと言われているようで嬉しい。

そう思っていた自分が、恥ずかしくなる。レディ扱いは子供の機嫌を取る行為であり、早い話が子供だと思われていたと気付けなかった。

「で、でも、王族の婚姻なら二十三歳差はおかしくないですよね？」

「王妃に先立たれた国王が若い後添えを得るのは珍しくはないですけど……」

「ほら、大丈夫ですよ！　可愛らしいシルヴィア様が婚約者で嬉しいはずです！」

確かに王族間の婚姻では二十三歳の年の差はあまり珍しくはない。年齢が近いからなんて理由だけで婚姻関係を結べるのは、身分が低いか平和な証拠だ。

政略結婚に年齢は関係ない。

それが普通であり、それが定めだ。どんな理由でもシルヴィアに異論はないし、異論を唱える権利もない。

国にとって必要だからシルヴィアは結婚する。ただそれだけの話だ。

だからこれは、アルブレヒトに相応の地位を授ける為の婚姻となる。

国の決めた、政の決めた、アメルハウザー国王の決めた婚姻だった。

「……可愛いって思われてるかもしれないけど……絶対に綺麗とか女らしいとか色っぽいとか、異性として意識されてないんですけどね」

政略結婚だ。解っている。

そんな事は百も承知で納得済みだけど、シルヴィアはアルブレヒトが大好きだった。はっきり言って、物心ついた時から大好きだ。アルブレヒトが婚約者で誇らしい気持ちはあっても、嫌だと思った事なんて一回もない。

だって惚《ほ》れない訳がないだろう。

まだ本当に子供だったシルヴィアへの完璧なエスコート。式典やパーティーの時には大人のレディにするように手を差し伸べてくれるし、歩幅が合わなくなれば子供が喜ぶように抱き上げてもくれる。子供用のアルコールが抜けたヒポクラスを手渡してくれる手も優しい。あまりの身長差のせいでダンスは無理だけど、他の貴婦人に誘われてダンスを踊る時にはシルヴィアに承諾を取ってくれるのが誇らしかった。

アルブレヒトは本当に素晴らしい紳士だと思う。

子供だったシルヴィアは、当然のようにアルブレヒトの妻になる事だけを信じていた。

「……妹ならいいですけど……きっと、娘とか思われてるんですよ……」

「シルヴィア様……そ、そんな事は……」

解っている。政略結婚だ。解っているから悲しくて悔《くや》しい。

いっそ恋愛結婚ならば良かったのか。いや、それではアルブレヒトの視界にすら入れてもらえない。

自分がアルブレヒトにとってどういう立場にいるのか、シルヴィアは解っているからこそアーモンドクリームが詰まったクラップフェンをむしゃりと食べた。

「……ごめんなさい。クラウディア様。八つ当たりです」

もちろん、これだって解っている。ああ、解っている。

これは八つ当たりだと解っているから、シルヴィアは申し訳なくて素直に頭を下げる。

「や、八つ当たり、だったんですか?」

「……だって、クラウディア様ったらラブラブで幸せそうなんだもん」

目の前で目を白黒させて可愛くおろおろしているクラウディアは、シルヴィアよりも六歳も年上の義姉だった。

兄の奥さんなので義理の姉。父である次期国王の姉の一人娘がクラウディアだ。

シルヴィアには兄が二人いるが、クラウディアは下の兄レオンハルトの奥さんになる。

先日、レオンハルトとクラウディアは婚約式を挙げ、今はお披露目の期間中だった。

色々と込み入った家の事情があったらしいけど、シルヴィアは何も聞いていない。

だって詳しく知っちゃいけない気がする。一年と少し前にアメルハウザー城に来たクラウディアは酷《ひど》い状態で、何があったのか聞くのは躊躇《ためら》われた。

「ら、ラブラブとかっ……そんな事は……」

「ラブラブじゃないですか～、レオンハルトお兄様は安定してウザイけど」

「……ま、まだ、ウザイですか？」

「こうやって私がクラウディア様とお話してるだけで嫉妬してくるからウザイ」

レオンハルトとクラウディアの婚姻は、普通に考えると少しおかしい感じが否めない。

次期国王である父の姉の子供だからクラウディアは従姉妹《いとこ》になるが、レオンハルトよりも二歳年上で爵位は高いとは言えない城伯になる。

次男とはいえ女のシルヴィアよりも王位継承権が上のレオンハルトには、あまり相応《ふさわ》しくない相手だろう。

それでもレオンハルトはクラウディアと婚約した。

それはもう身内のシルヴィアも引く程度に強引に婚約式まで漕ぎ着けていた。

「我が兄ながらびっくりするぐらいの執着……愛ですよね～」

「そんな事は……レオンハルト様はお優しいですから……」

「……クラウディア様。騙《だま》されてます。ちょろいです。甘過ぎです」

はっきり言ってアレは詐欺《さぎ》だと思う。身内なので声を大きくして言うのはなんだけど、あれは詐欺であり騙したというか丸め込んだというかそんな感じだと思う。

だがしかし、線が細く淑やかで大人しく儚《はかな》い感じのするクラウディアは、下の兄のラブという名の恐ろしい執着を無意識で躱《かわ》せる天然な人だった。

「甘い、ですか？」

「甘いにも程があります。放っておくとレオンハルトお兄様は暴走しますよ？　今は婚約期間中だけど、もうすぐ正式な結婚式なんだし」

「そんな事はない、ですよ？」

ぽっと、頬を赤らめたクラウディアに、シルヴィアは愛の凄さを知った。

そうだったのか。大きなお世話というヤツなのか。ラブラブの二人に野暮な事を言ってはいけないと、シルヴィアは一つ大人になる。

「…………えっと、ラブラブなのはいい事ですよね！」

「…………ラブラブって、意外と大変で恥ずかしいですよ？」

「そ、そうなんだっ⁉」

物凄く馬鹿っぽい話をしているようだが、実はシルヴィアは喜んでいた。

だって、王族ともなれば友達なんて簡単には作れない。姉もいなければ妹もいないし、親族で年の近い女性もいない。身分を考えれば使用人と友達になる事は許されない。

だから王族のシルヴィアの友人といえば、式典かパーティーで会った同じような身分の貴婦人だけで、お茶をするだけで一大イベントになってしまうのが現状だった。

やれ体面が、沽券《こけん》が、プライドがと、気付けば普通のパーティーになっている事も少なくない。式典やパーティーで気が合っても、簡単なお茶をするだけでコレでは仲良くなんてなれないだろう。

そんなシルヴィアに、初めて義姉ができた。

これはもうお茶会しかない。馬鹿っぽい話も恋話もくだらない話もお茶とお菓子を片手に、きゃいきゃいと盛り上がっていきたい。

「……それにしても、王国お抱えの騎士団の軍務隊長がシルヴィア様の婚約者だったなんて、知りませんでした」

「……それは年齢的な意味で？」

ぶすりとシルヴィアが頰《ほお》を膨らませて聞けば、クラウディアは慌てて両手をぱたぱたさせた。

「いえ！　そんな！　よくある話じゃないですか、政略結婚で年が離れてるのは。ただ、シルヴィア様のお隣にいらっしゃった騎士が、軍務隊長だって知らなかったんです」

確かにクラウディアが知らなくてもおかしくはない。

クラウディアは家の事情で一年と少し前にアメルハウザー城に住む事になったが、公にはレオンハルトの婚約者という立場でも、実際は保護されていたらしい。クラウディアの精神状態もあったけど、アメルハウザー城にいた一年と少しはパーティーや式典には顔を出さなかった。

「……クラウディア様がご実家にいた頃は、パーティーとかでアメルハウザー城に来ると、挨拶も最低限でレオンハルトお兄様一直線でしたもんね～」

「……レオンと、お、お話できるのって、パーティーか式典とかだったので、その」

顔を真っ赤にしてしまったクラウディアに、シルヴィアは羨《うらや》ましくなってしまった。

レオンハルトとクラウディアに色々とあったのは知っている。

詳しくは知らないけど、それでも大変だったのは知っている。

でも、色々あったって婚約式まで行けたのだからいいじゃないかと、シルヴィアは子供のように唇を尖《とが》らせた。

「……年齢の差は、私も子供の頃は気にしなかったんですけど、王族同士とか協定とかの国の存在を揺るがすような婚姻関係じゃないですから、二十三歳の年の差は珍しいみたいです」

「えっと、王国お抱えの騎士団の軍務隊長との婚姻《こんいん》ですよね？」

「……そうです。年齢が離れてるなら、何も国王直系の私じゃなくてもいいって話も出てて」

本当はこんな事を相談してはいけないのかもしれない。

それでもようやく相談相手ができたのだからいいじゃないかと、シルヴィアは思う。

もちろん家族だって聞いてくれる。兄達には呆《あき》れられているので論外だが、母も祖母も優しいし話は聞いてくれる。恋愛相談だって乗ってくれるけど、さすがに政略結婚の相手の話は難しい。

早い話。誰かに聞いてもらいたかった。愚痴《ぐち》みたいなものだ。むしろ愚痴だ。

物心ついてから十数年もアルブレヒトを好きでいる。ずっとずっと好きなのに、婚約式ができる年齢に近付けば近付くほど距離が遠くなる。

心理的にも、物理的にも、色々な障害を見つけてしまうのが悲しかった。

「……そりゃあ、アルブレヒト様と私が並ぶと、まだ親子だけど」

シルヴィアはシードルを飲みながら今度はプラムジャムのペストリーを頬張る。プラムのジャムは嫌いじゃないけど、どちらかといえばベリーかシトロンのジャムが良かったと少しだけ唇を尖らせる。

拗《す》ねた声になったのは解っていても取り繕えないでいれば、クラウディアが少し考えてから口を開いた。

「……私の思い違いじゃなければ、なんですけど。多分ですが、シルヴィア様じゃないと駄目だと思いますよ？」

「え？」

「私、小さな頃は母しか話し相手がいなかったので……特に母はこのアメルハウザー城に帰りたかったからアメルハウザーの事は良く聞かされたんですが、王国お抱えの騎士団という存在が特殊だと聞きました」

クラウディアの家の事情を、シルヴィアは詳しく聞いていない。そういう難しい話は夫になったレオンハルトだけが知っていればいいだろう。

だから詳しい事は知らないけど、クラウディアの母は色々な区別がつかなくなっていたらしい。繋がらない会話を拾い集め、断片的な言葉を繋ぎ合わせる。大人になってから、あれはこういう事だったのかと解ったらしく、クラウディアは解りやすく噛《か》み砕《くだ》くようにしてシルヴィアに教えてくれた。

王国お抱えの騎士団と、国王の直系であるシルヴィアの婚姻の理由。

大国と呼ばれるほど大きくはないアメルハウザー王国が他国から一目置かれる理由が、騎士団の存在らしい。

本来ならば王国に騎士団はない。国を守る騎士はいても騎士団という組織を作らないのが普通だった。

何故《なぜ》なら騎士団というのは既に一つの国と同じだから。国の中に国は作れないからこそ、国の中に騎士団は存在しない。

騎士団総長が国王だとすれば、高い役職に就《つ》く者達全てが王族といったところだろうか。主な兵となる歩兵や軽騎兵は国民にあたるのだろう。

だから普通、王国の中に騎士団は存在しなかった。

そんな一つの国と同じ騎士団がアメルハウザー王国に存在する理由は少し昔の話で、まだ小さな小さな国だった頃に遡《さかのぼ》る。小さな国と小さな騎士団。小さいが故に手を取り合い、一緒になる事で生き延びてきた。

国と国の同盟みたいなものだと、クラウディアはシルヴィアに言う。

「……なので、騎士団の軍務隊長との婚姻関係というなら、国王直系のシルヴィア様レベルの話だと思うんです。でも私も今はまだレオンと婚約期間中ですし、正式にというか詳しい話は聞いてないので、母の会話からの憶測《おくそく》ですが」

「え？　騎士団ってそうだったんだ」

「本当に多分、なんですけどね。総長と副総長がアメルハウザー王国の国王直系ですから、王族の血が流れていない方が軍務隊長というのは異例な事だと思います」

同盟であり吸収合併になるのかもしれないと、囁くように言うクラウディアにシルヴィアは首を傾げた。

そんなにも大きな話だったのか。王族という身分に生まれたからには、貴婦人としての勉強だけではなく各国の情勢も勉強する。幼い頃から式典やパーティーに出ていたから、ある程度の身分の貴族の顔と名前は覚えている。もっと勉強しなければいけないのは解っているが、基本を覚えるだけで精一杯な状況だ。

しかしいくら王族とはいえ、婚姻関係を結びアメルハウザーの名前から変わるかもしれないシルヴィアは、詳しい事を教えられてなかった。

でも、それはないだろう。

王国お抱えの騎士団の軍務隊長との結婚が決まっているのに、騎士団の特異さを教えられてないという事実にシルヴィアは青くなる。

だって、おかしいだろう。

決まっているはずだ。父が決めたはずだ。次期国王が決めた婚約者ではないのか。

シードルの入ったグラスを持つ手が震える。唇を噛み締めるシルヴィアをどう思ったのか、クラウディアが心配そうに覗《のぞ》き込んでくる。

「ど、どうしました？　シルヴィア様……」

「……え？　ううん、別になんでもないです」

信じて疑わなかった。

アルブレヒトと結婚できるのだと、信じて疑った事はなかった。

ただ二十三歳も年上で大人で騎士であり紳士なアルブレヒトに愛想を尽かされないようにと必死だったのに、こんなところに大きな落とし穴があったとはとシルヴィアは眉を寄せる。

十六歳になったシルヴィアは来年アルブレヒトと婚約式を挙げられる予定だったのに、騎士団の特異性とか何も未だに教えられていないという事は、婚約式が決定していないのかと頭の中が真っ白になる。

アルブレヒトとの結婚の障害になるのは他国との戦いだと思っていた。

王国に付属していると思っていた騎士団の役職の者と婚姻関係を結ぶより、国と国の戦いの為や協定や停戦などで恐ろしい事態を回避する為の政略結婚に変えられてしまうのが不安だった。

なのに、なんだソレは。それはない。いくらなんでも酷《ひど》いだろう。

「レオンハルトお兄様が婚約式挙げたなら、私も先越しちゃっていいかなって思うんですけど……いいですよね？」

「え？　え？」

今更、アルブレヒトと結婚できないだなんて暴れてやる。誰に何を言われようと暴れてやる。絶対に絶対だ。

だって酷い。

もしかしたら、アルブレヒトと結婚できないかもしれない。

騎士団の軍務隊長を務めるアルブレヒトの立ち位置を教えてもらえなかったという事は、もしかしたら婚姻は決定していないのかもしれない。

「十六歳なら……じゅうろくならいけるいける……」

「えっと……え？　あ、お兄様よりも先に結婚なさる事の危険性とか、世間体とか、そういう話で、ですよね？」

どこか遠くでクラウディアの心配そうな声がしていると思うけど、今のシルヴィアには気にする余裕はなかった。

自分の中で確実で絶対だと思っていた未来が壊されるのは酷く不安になる。

しかも、その未来を心の拠り所にしていたのだから余計だろう。

「本来なら兄や姉よりも先に結婚してしまうのは、その、まずいと思いますけど……ご長男のアンゼルム様はいずれ国王になられるお方ですし、慎重に物事を進めないといけないですから……ご弟妹が先にとか後にとかは関係ないと思いますけど……シルヴィア様？」

シルヴィアの心の中に、ふつふつと闘志が沸き立ち漲《みなぎ》ってきた。

だって、どれだけ自分が頑張ったと思っているのか。アルブレヒトに釣り合うように、年上の婚約者に相応《ふさわ》しいように、シルヴィアは必死に頑張ってきた。

茶色に見えるストロベリーブロンドは手入れを欠かさずにキラキラと輝いている。薄茶の瞳は雰囲気を柔らかくして、真っ白な肌には染み一つない。無邪気に微笑む顔は王族にしては親しみやすいと言われ、ころころと変わる表情や屈託《くったく》ない笑い声は可愛いと言われているのをシルヴィアは知っている。

それもコレも全てアルブレヒトの為だった。

四年前。自分のせいでアルブレヒトに怪我をさせたあの時。

あの時からシルヴィアの努力は始まっていた。

「……私、ガンガン行こう！　って思ってるんですけど、クラウディア様は応援してくれますよね？」

「が、がんがん？　えっと、良く解らないのですが、その、お手伝いできるのなら」

実は正式に婚約できないかもしれないという可能性が現れ、さすがのシルヴィアも脳内は呆然としている。しかし残念だが、ただ泣くだけの正統派お姫様になれるような性格はしていない。

なんとなく頭の片隅に、お淑やかで健気で嫋《たお》やかな正統派お姫様の方がモテるような気がしないでもないけど、性格は変えられないとシルヴィアだって解っていた。

だってアルブレヒトを諦めたくない。諦められない。諦めるぐらいなら最初から諦めていた。

子供の自分をレディ扱いしてくれるアルブレヒトを嬉しいと思ったのは少しの間だけで、すぐに不釣り合いな小さな身体が悔しくなる。親の決めた婚約者だろうが『私の婚約者』だったはずなのに、色々な噂が無理だと言っているのが悲しくなる。

だから我《わ》が儘《まま》を言い出したけど、それを思い出せば恥ずかしくて死ねそうだった。

気を引きたいから、構って欲しいから、自分を見て欲しいから、我が儘を言って願いを叶えてもらうと好きだと言ってもらえているような気がした。今から考えれば、子供が母親の気を引こうとしているような状態と解るが、あの時は解らなかった。

十二歳の時に、自分の我が儘のせいでアルブレヒトが怪我をして、赤い血が流れるのを見て気付く。どれだけ愚かな事をしたのか解って、それで振り向いてもらって本当の婚約者になりたいだなんて馬鹿だったと知る。

でも、それから頑張ったのに。頑張ったのに。身長は伸ばせなかったけどレディと呼ばれるように、アルブレヒトに釣り合うように頑張ったのに、我が儘とか纏《まと》わり付くとか激突とか背中に張り付くとか駄目だと思って必死に貴婦人の勉強をしたのにと、シルヴィアは奥歯をギリギリ噛み締めた。

「……クラウディア様……どうすれば、その、本当の婚約者になれると思います？」

もしかしたら、だと解っている。

もしかしたら、アルブレヒトとの婚約が正式ではない。もしかしたら、アルブレヒトと結婚できないかもしれない。もしかしたら、だと解っている。

それでも小さな一つの可能性だって、シルヴィアには許せなかった。

だって、四年間を返せと思う。詐欺だ。詐欺だろう。

今のクラウディアの話を聞くまでアルブレヒトが正式な婚約者だと疑いもしなかったのは、一応全ての式典やパーティーで婚約者という態度も立場も守られていたからだ。

華やかな場でシルヴィアはアルブレヒトの隣に立つ。完璧にエスコートしてもらい、ダンスだって婚約者の特権で譲らない。食事の席だって隣だし、挨拶だって婚約者で通していた。

それだけで我慢していたのにと、シルヴィアは拳を握る。

年に数回の式典とパーティー。さすがにそれだけだと婚約者としてどうかと思って、年に数回だけアルブレヒトが城に来た時に挨拶をした。挨拶だけだ。ちょっと顔を見て偶然を装って挨拶をするだけにした。

凄い我慢したのに。寂しかったし、忘れられたらどうしようとか思ったのに、凄い凄いすっっごい我慢したのにとシルヴィアは震える。

それもコレも全て、十七歳になったら自動的に婚約式を挙げられると思っていたからだ。

結婚が決まっていると思っていたから、我慢もできた。

なのに、もしかしたら、万が一の可能性でも、アルブレヒトと結婚できない未来があるなんて耐えられない。

「本当の……婚約者、ですか？」

「えっと、夫婦でもいいです。何をすればというか、何をすれば絶対に結婚できる状況になると思います？」

「……えっっ⁉」

ぶわっと真っ赤になったクラウディアにシルヴィアは首を傾げる。

知っているはずだ。クラウディアなら知っている。本来なら身分違いと言われる二人が、すんなりと婚約式を挙げられたのはレオンハルトが何かしたに違いない。

だから結婚できたのだろう。きっとレオンハルトに聞くのが一番だと解っているが、頭が花畑の兄には聞きたくない。

「知ってるんですね？　知ってます、よね？」

「え、えっと、その、で、でも……」

真っ赤になった頬を隠すようにクラウディアはシルヴィアから顔を背けた。

これは教えてもらうしかない。今のシルヴィアにはなんでもする気満々だ。森に入って猪《いのしし》を捕ってこいとか言われても仕留めてくるだろう。既に貴婦人の考えでもなくなっているが、それだけ今のシルヴィアは闘志に燃えている。

「クラウディア様……いいえ、お義姉様っ」

ちょっとシルヴィアは混乱していた。

もしかしたらであって、一つの推定であり疑問であり可能性でも、アルブレヒトと結婚できない未来なんて潰してみせる。

そう思い込んでいるシルヴィアに冷静な判断はできそうにない。

「え？　え？　あ、そ、そうですよね、私、シルヴィア様の義姉になれたんですね」

「もう、お義姉《ねえ》様しか頼る人がいないんです！」

一歩間違えれば犯罪的な香りのするレオンハルトとラブラブになれるクラウディアは、当然だが流されやすく人を疑わないし天然だった。

普通は気付くだろう。家の事情が事情だと聞いているけど、恋人同士というのは常時お姫様抱っこで座る時には膝の上でキスは当たり前とか言われて、そういうモノなのかと信じてしまうのはまずい。初夜で抱き潰されたクラウディアを心配して、家族総出で見舞いに行ったのは懐かしい思い出だ。

そんな天然で騙されやすいクラウディアは、シルヴィアの『お義姉様』という発言に嬉しそうに気恥ずかしそうに頬を染めているけど罪悪感なんてない。

初めての義妹に嬉し恥ずかしのクラウディアには悪いが、本当の兄妹なんてそんなものだ。うざくて迷惑上等で容赦《ようしゃ》ないのが兄妹だ。

そして今のシルヴィアは、人の機微《きび》に構っている余裕はない。

「で、でも……あのっ、えっと、恥ずかしいっ」

「え？」

耳まで真っ赤にしたクラウディアが顔を隠しているから、シルヴィアは首を傾げた。

そんなにも恥ずかしい話なのか。あの下の兄とイチャイチャできるだけの度胸と根性があるのなら羞恥《しゅうち》も薄いと思ったが違う話なのだろうか。

不思議に思っていればクラウディアは物凄く小さな声でぽそりと言う。

「いちお、正式に、その、に、肉体関係が、そのっ」

「……にくたいかんけい」

「夫婦間の関係をもって、婚姻を結んだと言われるので……」

「…………ああ、エッチすればいいんですね！」

「大きな声で言っちゃ駄目っっ！」

身分の高い貴族というのは暇人《ひまじん》が多いので、パーティーなどでは下世話な話が盛り上がるからシルヴィアも言葉だけは知っていた。

もちろん十六歳のシルヴィアに詳しい話をする者はいない。しかも王族の貴婦人なのだから、詳しい話をする猛者《もさ》はいない。

ただ言葉と曖昧《あいまい》な内容だけは知っていた。

「夫婦間の関係……」

「お、落ち着いて、落ち着いて？　シルヴィア様っ」

「……女として見てもらえてない場合、どうすればいいと思いますか？」

曖昧な内容だけでも、シルヴィアには無理だと解る。

だってアレだろう。肉体関係というのは、男の人と女の人が一緒に寝たりするアレだろう。どんな行為をもって夫婦間の関係というのか解らないが、下世話な話は男はこうであれとか女はこうであれとか、関係に至るまでの条件を重視していた。

一般論だと思う。男の人は力が強く優しい手つきで囁く声が低いといいとか、女の人は肉感的で胸があって胸があるのがいいとか言われていたのを思い出す。

きっと関係の具体的な内容が解っていたら恐ろしい事になったのかもしれないが、薄ぼんやりとした内容しか解ってないからシルヴィアはお手上げだと眉を寄せる。

「私……ずっとアルブレヒト様が好きで……二十三歳も離れてるけど好きで……向こうは私の事を子供としか見てなくても好きで……」

「シルヴィア様……」

「来年になったら婚約式を挙げられると思ってたんです！　で、でも……騎士団の軍務隊長の妻になるはずの私は騎士団の特異性とか知らされてなくて、それって婚約者として認められてないんじゃないかなって……」

なんだかシルヴィアは言ってて悲しくなってきた。

事実なだけに悲しい。同情を引く為じゃなくて現実だから虚しい。

だってないだろう。あんまりだ。酷いにも程がある。物心ついてからアルブレヒトが好きなのだから、もしも結婚できなければ人生のほとんどが無駄だった事になる。

シルヴィアの大きな目にうるりと涙が溜まった。

「シ、シルヴィア様……」

「そんなのってないですよね……ずっとずっと好きだったのに……いまさらっ」

ぐずっと鼻水を啜《すす》れば涙がほろりと零《こぼ》れ落ちる。

来年には婚約式を挙げる予定だったのに、本当に駄目なのだろうか。自分はアルブレヒト以外の人に嫁がないといけないのだろうか。

確かにアルブレヒトは優しかったけど、シルヴィアの事を女だとは思ってないだろう。

解っている。解っているけど結婚できるなら問題ないと思っていたのに、これではどうしようもないじゃないかと目を擦る。

「シシシシルヴィア様っ、えっと、大丈夫ですよ、きっと軍務隊長もシルヴィア様を好きですから大丈夫ですって本当に絶対きっと！」

「で、でもっ……わ、私、女として見てもらえてないもんっ」

母と祖母とお茶をしている時に、何気ない会話の中でその時の事を知った。

子供なんて年齢じゃない。シルヴィアが赤ん坊の時に婚約を決めたと言っていた。まだ言葉も喋《しゃべ》れない赤ん坊を腕に抱いた父が、アルブレヒトになら娘を任せられると言って婚約させたと言っていた。

そんな頃から知られているのだから、自分がアルブレヒトにとって子供なのは解っている。実際に父が婚約を決めた時、アルブレヒトの年齢は二十三歳だ。シルヴィアがアルブレヒトの子供でもおかしくないと解っている。

悔しいけど二十三歳の年の差は縮められない。

でも頑張った。綺麗なレディになるように、思わず惚れてしまうような貴婦人になれるように頑張ったのは、全てアルブレヒトの為だ。

「そ、そんな、シルヴィア様は本当に可愛らしくて、自慢の義妹です！　だって殿方に凄い人気じゃないですか！」

「アルブレヒトさまに、好かれなきゃ、意味ないもんっ」

「きっとアルブレヒト様だってシルヴィア様を好きですよ！　わ、私達の、その、婚約披露パーティーでもシルヴィア様を紹介して欲しいという殿方は多いですし！」

実際にシルヴィアに忠誠を誓《ちか》う騎士は多い。パーティーなどでダンスを申し込んできたり話しかけてくる男性だって多い。

もちろん身分のせいでもあるだろう。しかし、身分が高いからこそ本来なら高嶺《たかね》の花で話しかけづらいはずだった。

王族という身分は手を出し難い。政略結婚が定められている貴族の中でも、特に慎重に婚姻関係は決められる。アメルハウザー王国が今現在平和でも、国王直系のシルヴィアには簡単に手を伸ばせない。

でも皆が集まるのはシルヴィアの人柄のせいだろう。

「ほ、褒《ほ》め言葉じゃないかもしれないんですけど、その、シルヴィア様を国王直系の息女だと思ってない方が多くて、明るくて可愛らしいって言ってます！」

「……クラウディアお義姉様優しい、でも、アルブレヒト様以外いらないっ」

「えっと、頑張りましょう！　アルブレヒト様に婚約者と認めてもらえるように頑張ればいいんですよ！」

まだ涙を滲《にじ》ませるシルヴィアの頭を、クラウディアは撫《な》でてくれた。

そうか。頑張ればいいのか。でもまだ頑張らないといけないのか。来年には自動的に婚約式だと思っていたのに、また一から頑張らないといけないなんて辛い。

「レオンハルト様にアルブレヒト様のスケジュールをお聞きしておきますから、ね？」

「……ほ、ほんとう、ですか？」

「もちろんです。可愛い義妹の為ですもの」

にっこりと笑ってくれるクラウディアにシルヴィアはへにょりと笑い返した。


どうして考えなかったのだろう。

もしかしたらアルブレヒトと結婚できないかもしれないと、どうして考えもしなかったのだろう。

でも誰も何も言わなかったと思う。

クラウディアに愚痴《ぐち》を零して相談に乗ってもらって、王国お抱えの騎士団の特異さを教えてもらった。

十六歳になるシルヴィアは自分が情けなくなる。貴婦人として色々な勉強はしているけど、騎士団の軍務隊長の妻になるというのに騎士団のなんたるかを学ばなかったなんて笑い話にもならない。騎士の妻になるのだからと、乗馬や狩りの為の弓なんかは自分から学びたいと言ったが基本を押さえてなかった。

そう思うけど、やっぱり疑問が浮かぶ。

普通ならば噂としてシルヴィアの耳に入るような気がする。広大な領土を持っている訳ではなく、物凄く豊かな土地を持っている訳でもなく、大国と呼べるほどではないアメルハウザー王国の秘密なんて話は貴族が好むものだろう。

平和で暇を持て余した貴族の会話なんてゴシップしかない。某国の誰それがこんな理由で結婚しただとか、某国と某国の協定に至るまでの話だとか、話してはいけない事すら噂になって囁かれる。

なのにシルヴィアの耳に届かなかったという事は、故意に隠されていたという事か。

有り得ない話じゃない。だってアメルハウザー王国が一目置かれる理由だ。

本来ならクラウディアも聞いてはいけない話だろう。家の事情が複雑に絡み合って、クラウディアの母がうっかり話してしまったんだと聞いていれば解る。

むしろクラウディアは、ゆくゆくは騎士団総長になるレオンハルトと結婚するのだから、詳しい事情を知らされていなければおかしい立場だった。

そのクラウディアですら、まだ正式には聞かされていない王国お抱えの騎士団の存在。

まだ婚約式も挙げていないシルヴィアが教えてもらえるはずもない。特異な存在である騎士団の中でも、更に特異なアルブレヒトの存在を知らなくても不思議はない。

だけど、本当にそうなのだろうか。教えられなくても不思議じゃないのか。それとも教える必要がないと思われているのか。

怖いのは後者だ。婚約自体が曖昧になっていて、シルヴィアに知る権利がないのが恐ろしい。

でも母と祖母と話をしていても、そんな事は微塵《みじん》も匂わせない。確かに十二歳の時にアルブレヒトに怪我を負わせてから、母と祖母に恋バナをする事はなくなったけど、婚約が解消になったのなら言ってくれてもいいと思う。

聞かなかったから、言わなかったのだろうか。

でも、どうして聞ける。自分のせいで血を流したアルブレヒトを見て、私の婚約者とか言える訳がない。それに兄達ならば同じ騎士団に所属しているのだから、どうしているかだとか元気なのかとか聞けるけど、シルヴィアと同じくアメルハウザー城にいる母と祖母だってアルブレヒトの事は知らないだろう。

むしろ、自分が知らないのに母と祖母がアルブレヒトの近況を知っていたら泣く自信があると、シルヴィアは顔を顰《しか》めた。

考えるだけで悲しくなる。

でも悲しいと叫んだってアルブレヒトと結婚できる訳でもない。

解っているからシルヴィアは悲しみと一緒にワインを飲み込んだ。

「明日の昼の鐘が鳴る前にアメルハウザー城にいらっしゃるそうです」

「レオンハルトお兄様情報？　やっぱりクラウディアお義姉様が聞けば教えてくれるんですね」

「………ちょっと、可愛い義妹の為に、頑張ってみました」

「………ご、ごめんなさい」

何をどうして頑張って、アルブレヒトの情報を勝ち取ったのか。なんとなく怖いからシルヴィアはクラウディアに詳しく聞けない。

だけど謝らなきゃいけない事態になっていそうな気がして、シルヴィアは眉尻をへにょりと下げた。

「だ、大丈夫ですから！　えっと、重臣達に報告があるそうです」

「ありがとうございます。クラウディアお義姉様……」

もしかしたらアルブレヒトと結婚できないのかもしれない。

そんな可能性があると知ってお茶会の後は大泣きしたけど、朝になればシルヴィアの決意は固まる。

今更、だ。今更諦めろと言われても無理だ。絶対に結婚してやると思っている。

心強い味方である義姉の協力の下、何がなんでもアルブレヒトと結婚するのだと誓ってみた。

しかし、現実は厳しい。

「じゃあ、お昼か、せめてお茶ぐらいなら誘えるかな……」

「昨日決めたドレスと、髪留めに……靴《くつ》はこっちにしましょうか？」

だって、どうしていいのか何をしていいのか解らない。十七歳になれば自動的に婚約式を挙げられると思っていたのに、それが無理かもしれないと解っても何をすればいいのか解らない。

最初はアルブレヒトが生活している騎士団の宿舎に乗り込んでしまおうかと思っていた。結婚するんじゃなかったのか、婚約者じゃないのか。そう詰《なじ》りたかったけど、シルヴィアだってそんな事に意味はないと解っている。

どちらかといえば、アルブレヒトは被害者になるのだろう。

生まれたばかりの赤ん坊が婚約者だと言われても、辺境伯であるアルブレヒトに拒否する権利はない。アメルハウザー王国の次期国王直々《じきじき》に宣言されてしまえば、解りましたと頷《うなず》くしかないとシルヴィアだって気付いていた。

アルブレヒトの立場から考えれば、やっぱり自分は迷惑なのだろうか。

　二十三歳も離れているのだし、次期国王の決めた婚約だし、自分だけが彼を好きなのだろうか。

　そんな事をくるくる考えていると、どうしても夜は泣きたくなってしまう。でも好きなんだからと決意しても、決意は夜見る夢までは届かなかった。

「シルヴィア様……大丈夫ですよ。このドレスだって今までと違って、少し大人っぽいですし、きっとアルブレヒト様だって見てくれます」

「……そうですよね。できればカードかチェスぐらいしたいな」

「泣いちゃ駄目ですよ？　シルヴィア様はすぐに目元が赤くなっちゃいますから」

　夢だけはどうしようもなくて、お茶会の後に何回か枕を濡らしている。具体的に何を見たのか覚えていない。でも泣いているのだから悲しい夢だったのだろう。

　それでも十二歳の時に頑張ろうと思った通り、貴婦人の勉強だけは欠かしたくなかった。

　これ以上、子供と思われるのは嫌だ。駄目でもアルブレヒトに相応しい貴婦人でありたい。悩んだって仕方がないと昼間は思えるけど、クラウディアに指摘された通りシルヴィアは涙だけは隠せなかった。

　夢を見た後の朝、目元が赤くなっているなんて気付けない。使用人達も何も言わなかったし、最初の内はクラウディアも何も言わなかった。

きっと何回か見なかった事にしてくれたのだろう。

何か言いたげなクラウディアと兄達を思い出す。父や母、それに祖父母は気にした様子がなかったから、もしかしたら兄達はクラウディアに何か聞いたのかもしれない。普通に普段通りにと頑張っていたせいか誰も何も言わなかったけど、一緒に刺繍《ししゅう》をしていたクラウディアに優しく問い質されてしまった。

悲しくて泣いているのかと聞かれて、夢だと答える。

どんな夢を見ていたのかと聞かれて、覚えていないと言った。

そのせいかクラウディアは本当に良くしてくれる。レオンハルトと婚約式を挙げる前から話はしていたけど、こんなに仲良くなれるとは思わなかった。

「レオンも……レオンハルト様も心配してましたよ。元気がないって」

「……レオンハルトお兄様とは話をしなきゃいけないような気がします」

「兄妹仲が良くて羨《うらや》ましいです」

「……クラウディアお義姉様……レオンハルトお兄様は、きゃんきゃん言わない私が気持ち悪いとか絶対に言ったでしょ？」

「…………本当に兄妹仲が良くて羨ましい、です」

しかもレオンハルトの妻だというのに優しくて優しいけど優し過ぎるような気がする。

義妹になったシルヴィアに遠慮しているのではなく、本当に心から優しいからレオンハルトにいいようにされているような気がしないでもない。

そう思って心配になってしまうのは、クラウディアとの距離が近くなったからだろう。

六歳も年上なのに優しいし流されやすいし天然だし、妙に心配になってシルヴィアはクラウディアに確かめるように言った。

「クラウディアお義姉様……レオンハルトお兄様が変な事を言ったら怒ってもいいんですからね？　マジウザイ兄で申し訳ありません」

「そんな事……レオンハルト様はお優しいですから」

愛って怖い。

ぽっと頬を赤らめて嬉しそうに言うクラウディアに、愛ってココまで頑張らないと駄目なのかとシルヴィアは不安になる。

それともアレか。似た者夫婦なのか。割れ鍋に綴《と》じ蓋なのか。あの兄に耐えられるというか、あの兄を優しいというなら割れ鍋に綴じ蓋なのだろう。

なんだか凄いものを見せてもらったような気がするけど、シルヴィアの胸の奥に色々な重い何かが伸《の》しかかった。

一言でいえば不安だろう。その不安は自分とクラウディアの性格の違いだ。

こんなに健気でお淑やかで深窓の姫君っぽい性格にはなれない。シルヴィアの性格の中にその血は一滴も流れていない。

女の自分からみてもクラウディアは守ってあげたいオーラが出ていると思う。

それがないと結婚できないのならば、自分は結婚できないような気がした。

「……どこで売ってるんだろう守ってあげたいオーラ」

「え？」

「あ、なんでもないです。クラウディアお義姉様」

そんな事を考えてしまうぐらいにシルヴィアは疲れている。物心ついた時にはアルブレヒトと結婚すると信じていたから、今更駄目だとか言われても何をすればいいのか見当すらつかない。

本来なら、結婚なんて考える事ができないぐらいに遠い人だった。

もしかしたら国王直系の息女という事で、アルブレヒトの騎士としての忠誠は与えられたかもしれない。

騎士は貴婦人に忠誠を誓うものだ。騎馬試合などの前に激励《げきれい》をする事ぐらいは許されたかもしれないけど、式典やパーティーでエスコートしてもらえなかっただろう。

優しくて紳士なアルブレヒトを知らなければ、こんなに辛い恋心を抱えなくても良かったのだろうかと、シルヴィアは現実逃避するように遠くを見た。


後ろ姿でもアルブレヒトは格好良い。

惚れた欲目ではない。本当にカッコイイ。

クラウディアの情報通りにアメルハウザー城に現れたアルブレヒトを、シルヴィアは少し距離を開けて盗み見ていた。

別に盗み見るなんてしないで普通に声をかければいいと解っている。しかし声をかけたら後ろ姿を見ている時間が減るので、こうやって後を付けてみたりする。

なんとなく昔に戻った気がした。

今ならばアルブレヒトの後ろ姿を見るだけで楽しいけど、子供の頃はアルブレヒトの後ろを付けているのが楽しかったような気がする。

いつ、気付いてくれるのだろうか。ドキドキしながら追いかけ回していたような気がする。

だけど子供のままじゃいられない。むしろ子供のままと思われたくなかった。

今日のドレスはいつもと違って胸元が大きく開いていて身体のラインが解るような作り

になっている。細身でスカート部分の丈も前から見れば同じだが、今までとは違って後ろに裾を長く引きずっている。

　これが流行《はや》りらしい。まだ未婚で十六歳のシルヴィアは可愛らしいドレスしか選んでなかったので、こんな大人っぽいドレスが仕立ててあったのを忘れていた。

　多分、ドレスを用意する使用人も忘れていたのかもしれない。朝の湯浴みをして着替える時に出されたドレスに文句を言った事はないが、式典やパーティーの時には使用人が何着か用意した中から選んでいる。

　そんな時にも見た事がないドレスだから、似合わないだろうと思っていたらクラウディアが力説してくれた。

『私が初めてこの城に来た時には可愛らしいシルヴィア様に驚きましたが、この一年で凄い成長なされました！　きっと似合います！』

　確かに一年で身長は伸びた。

　拳一つぐらい伸びた。

　しかしまだ貴婦人の中でも小さい方に入るクラウディアよりも小さい。ちなみに騎士の中でも大きな方に入るレオンハルトよりもアルブレヒトの背は高いから、拳一つ身長が伸びても差はあまり変わらなかった。

先月に行われたレオンハルトとクラウディアの婚約披露パーティーの時に、アルブレヒトにエスコートされて出席したがまだ目線は胸の下辺りだ。せめてアルブレヒトの肩ぐらいまで身長が伸びないかと願っているが、なんとなく無理そうな気がしている。

『胸元開いてるけど……クラウディアお義姉様ほど胸ないし……』

『大丈夫です！　このデザインは胸が大きく見えます！』

あまり嬉しくない力説もしてくれたが、着てみたら意外と大丈夫だった。

少し無理をしている感があるけど下品にはならない。情けないけど凹凸《おうとつ》の少ない身体なので、身体に沿ったラインのドレスは婀娜《あだ》っぽくもいやらしい感じにもならない。

ただ後ろに長く引きずる裾《すそ》が面倒だと、シルヴィアは廊下《ろうか》を曲がったアルブレヒトに追いつこうと裾を掴み上げた。

「わひゃっ!?」

見失ってはいけないと思っていたから、どうしても裾の事を気にかけられない。いつも通りの強さで持ち上げただけでは裾は床から浮かず、急いでいたせいで裾が踵《かかと》に絡まる。

「ご機嫌よう。シルヴィアお嬢様」

「……ア、アルブレヒトさま」

廊下に顔面から飛び込むところだったが、アルブレヒトの腕に支えられていた。

驚く暇もない。ゆっくりと丁寧に体勢を整えてくれて、シルヴィアは床に足を下ろす。

やっぱりカッコイイ。

少し長めの前髪を後ろに流しているブルネットの髪に、優しい印象を与える目は室内では黒く見える。笑うと猫のように目が細くなるのを知っている。笑い皺があるのも知っているし、薄い唇から紡《つむ》がれる声が静かで重い事も知っている。

近くにいる異性が親族だけだからかもしれないけど、アルブレヒトの顔立ちは不思議に印象を変えた。

凄く優しく紳士なのに、酷く冷たく酷薄《こくはく》に見える時がある。

「貴方はどうして何もないところで転ぶんでしょうね？」

「なっ、ちょっと裾に足を引っかけちゃっただけですっ」

シルヴィアには優しく紳士で我が儘すら聞いてくれる人だけど、同じ騎士団にいる兄達に聞くと困ったような苦い物を食べたような顔をする。

特異とされる王国お抱えの騎士団で王族を出し抜き上官に就く男が普通な訳ないだろうと、兄達に言われた事がある。優しく紳士で我が儘を聞いてくれる優男《やさおとこ》だと本当に思っているのかと、哀《あわ》れみさえ浮かぶ目で言われた事すらある。

「えっと……アルブレヒト様。あの、お時間あったらお茶とか……」

ぞくりと、シルヴィアの背に悪寒が走った。

見た事のないアルブレヒトの笑みにシルヴィアは目を丸くする。騎士団にいるアルブレヒトを知らないのだから兄達の言葉は信じられず、そんなはずはないと思っていたのに酷く冷たい笑みに身体が震えた。

「申し訳ありませんが、この後、会議が入っております」

「じゃあ、会議が終わったらで……」

怖い訳じゃない。

恐ろしい訳でもない。

どんなアルブレヒトでもいいけど、嫌われるのは嫌だとシルヴィアは唇を噛んだ。

「要項を纏め次第、宿舎に戻り従騎士達の面倒を見ないといけませんから」

「少し、少しだけでもいいですから！」

支えてくれていたアルブレヒトの手はすぐに離れる。あっという間に、何の感慨《かんがい》もなく、倒れた椅子を起こしたというように呆気《あっけ》なく離れる。

いつからだろう。

今まではこういった事があった後には頭を撫でてくれた。くしゃりとストロベリーブロンドの髪を掻き混ぜるように、優しく撫でてくれたと思い出す。

「騎士団も大きくなり大変なんですよ」

「で、でも、でも、少しぐらいっ」

優しいと、紳士だと、我が儘を聞いてくれた笑顔を向けられない事に絶望を感じた。

なんで。どうして。変わらない。変わらなかった。変わってないのか。気付かなかっただけなのか、それとも本当に変わったのか。

アルブレヒトが、ではない。

アルブレヒトが自分に向ける感情が変わってしまったのか。

唯一の特権だった我が儘も聞いてもらえない。今までだったら困った顔で笑って頷《うなず》いてくれたのに、凛《りん》とした声は真実だけを告げて折れてくれない。

いつもだったら我が儘を聞いてくれた。

今までだったら困った顔で笑って許してくれた。

なのにどうして。嫌な予感がする。もしかしてと思うだけで喉がひりひりと痛む。

「ちょっとだけでいいから、少しだけ！」

「シルヴィアお嬢様。私はここに遊びに来たのではないのですよ」

大人になったのだから解るでしょうと、アルブレヒトは静かな声で言った。

ああ、そうか。諭すような言葉に違和感を覚える。拒むような声に不安を感じる。

我が儘を言うのが久しぶりだった。十二歳の時にアルブレヒトに怪我をさせて、あれから四年間シルヴィアは我慢していた。

「……ぜ、全然、時間ないの？」

「申し訳ありませんが」

嘘だと叫びたい。嘘を言っていると詰りたい。ほんの少しぐらいなら融通が利く事をシルヴィアは経験から知っている。

この四年間で確かに騎士団は大きくなったのだろう。軍務隊長に就いたアルブレヒトも忙しくなったのは解るけど、ほんの少しお茶を飲む程度ならば大丈夫なはずだ。緊急の用事ならばシルヴィアにアルブレヒトの情報は回ってこない。アルブレヒトがアメルハウザー城に来るという情報を手に入れられるという事は、余裕のある用事だと知っている。

悔しいけどシルヴィアは自分の立場を解っていた。

「ア、アルブレヒト・フォン・ジーゲル！」

「……はい？」

アメルハウザー王国の国王直系の息女であるシルヴィアがお茶に誘っているのだから、騎士団の軍務隊長であるアルブレヒトは付き合う義務がある。

身分も上。立場も上。国王の孫であり、次期国王にして上官の娘のシルヴィアに、アルブレヒトが逆らえるはずもなかった。

だから今までは我が儘を聞いてくれたのだろう。

好きだからではない。好意があった訳でもない。アメルハウザー国王の直系であるシルヴィアに逆らえなかっただけだ。

なのに、断られている。頑《かたく》なに、笑いながら、有無を言わせない重い声で、断るという事はそういう意味なのだろう。

どうして嫌な予感というのは当たるのか。

悪い想像が当たるのは泣きたくなるぐらいに悔しい。

「勝負です！　私と勝負なさいっ！」

それでもシルヴィアは諦めたくなかった。

だって好きなんだから仕方がない。赤ん坊の時からの婚約者で、物心ついた時には傍にいなくてはならない人だった。

深窓の貴婦人にはなれないのだと、シルヴィアは珍しく目を丸くしているアルブレヒトに指を差す。

「私が勝ったら、アルブレヒト様には私の言う事を一つなんでも聞いてもらいます！」

「……シルヴィアお嬢様」

「勝負って言ったら勝負するの！　絶対なの！」

頬が真っ赤になっているのが解っていても、シルヴィアはアルブレヒトを睨み付けながら叫んだ。

じわりと涙が目に浮かぶ。きっと酷い顔をしているだろう。せっかくクラウディアと一緒に選んだドレスなのに無駄にも程がある。

本当は普通にお茶をして、四年前よりも大人になった自分を見て欲しかっただけなのに、どうしてこんな事になったのだろう。

少しでもいいから好きになって欲しい。好きになってくれなくてもいいから、少しだけ気にして欲しい。

ただ、それだけだったのにと、シルヴィアは唇を噛んで顔を歪《ゆが》ませた。

「……シルヴィアお嬢様。貴婦人がそんな顔をして泣くものじゃないですよ」

「ううっつ、だっ、アルっ、いじわるっ」

「もう十六歳になられたんでしょう？」

ずずっと鼻水を啜《すす》ればアルブレヒトが抱き締めてくれる。昔みたいにストロベリーブロンドの髪をくしゃりと掻き混ぜて、背中をあやすように撫でてくれる。

「ほら、泣き止みなさい。何の勝負をするんですか？」

「ううう……ひっく……かーどかちぇす」

泣きながら色々と考えた結果、アルブレヒトに敵《かな》う物は何一つなかったと思い出した。

騎士団の軍務隊長になる騎士に、乗馬も弓も敵うはずがない。仮にも貴婦人が騎士に腕相撲や体術の勝負を挑むのは、赤ん坊が大人に挑んでいるのと同じだと解っている。むしろアルブレヒトの鎖骨に届くか届かないかの身長しかないシルヴィアでは、負けるとか負けないとかの次元ではなかった。

それに凄いし誇らしいけど、こんな状況になれば悔《くや》しいほどアルブレヒトは頭もいい。本当はカードもチェスも勝てないと解っている。

「どちらでもいいですよ。ハンデもあげますから泣き止みなさい」

子供の頃のように抱き上げられて、シルヴィアは涙と一緒に息まで止まった。

腿の辺りを抱えるように、空いた手は背に添えられている。本当に小さな頃と同じ抱っこの仕方で、シルヴィアは一瞬にして真っ赤になる。

「うっく……な、ななな、なっ」

まさか十六歳にもなって子供のような抱っこをされるとは思わなくて、あわあわと慌てて揺れるけど背を支えるアルブレヒトの掌《てのひら》だけに阻まれた。

せっかくの大人っぽいドレスがと思うけれど、逃避《とうひ》でしかない。

四年も抱っこされてなかったから凄く高く感じると、変な感想しか浮かんでこないのは現実から逃げているのだろう。

「アルっ、重いからっ」

「ああ、以前よりは肉がつきましたね」

「重いって言うなっ！」

貴婦人に対してなんて事をするのかとか思うけど、十二歳まではアルブレヒトによく抱っこされていたからシルヴィアは身体の力を抜いた。

自分の身長が高くなったせいで少し不安定な感じがする。四年も抱っこされていなかったから、アルブレヒトのどこに手を置いていいのか解らなくなる。

でも二十三も年齢が違うからか、アルブレヒトはよくシルヴィアを抱っこしていた。

それこそ小脇に抱えたり背負ったり、こういった子供にするような抱っこをよくしてくれたと思い出す。

「……どうしてお姫様抱っこじゃないんですか？」

「……お姫様抱っことは？」

「こう、膝の裏に手を回して、背中を支えて、私はアルの首に腕を回すの」

少し眉を寄せて何かを考えていたアルブレヒトは、シルヴィアの背から手を離して事も無げに言った。

「この方が両手が使えて便利ですから」

片腕で抱っこされているシルヴィアは、空いた手で扉を開けるアルブレヒトに思わず頷いてしまう。

確かにお姫様抱っこでは両手が塞《ふさ》がってしまう。そしてこの子供にするような抱っこなら、両方の手を離す事はできなくても片方ずつなら左右両方の手が使える。

左右に持ち替える事もできるし、使いたい手を空ける事ができるとアルブレヒトは実践してみてくれた。

悔しい。重いとか言うくせに子供扱いが抜けていない。

でもちょっとだけクラウディアとレオンハルトのイチャイチャ抱っこが羨《うらや》ましかったから、シルヴィアは唇を尖らせる。

「重いなら両手で抱っこのお姫様抱っこの方が楽じゃないですか」

「シルヴィアお嬢様ぐらいなら片腕で充分ですよ」

「……重いって言ったくせに」

ぼそぼそと言えば笑うアルブレヒトに身体を揺すられた。

まるで体重を量るみたいにシルヴィアの身体を上下に揺する。少し抱えられただけで昔を思い出し、すぐにシルヴィアの身体はアルブレヒトの抱っこに慣れる。

そのせいで揺すられても怖くはないけど、体重を量るような仕草に眉が寄った。

「身長も伸びたんですから体重も重くなるでしょう。それに重くなったではなく、肉がついたと言ったんですよ」

「同じじゃない！」

「では、大きくなられましたね」

目を細めて笑うアルブレヒトに、シルヴィアはうぐりと言葉を飲み込んだ。

今の笑みは優しい。

さっきシルヴィアの言葉を断った時の笑みは冷たかった。

だけど何が違うのかシルヴィアには解らない。四年間あまり会わなかったけど、それまでの十二年間は近くにいた。

何が違うのだろう。むしろ、冷たい笑みを浮かべるアルブレヒトを初めて見たのかもしれない。

「……大きくなったもの。もう十六歳だわ」

「そうですね」

「立派な貴婦人になれるように勉強だってしているし」

「……それは、何もないところで転ばなくなってからですね」

「ふ、普段は転ばないわよ！　アルブレヒト様に追いつこうとして裾を引っかけたけど、今日はドレスの裾が……」

「落ち着きをもって行動すれば問題はなかったと思いますよ」

ゆっくりとアルブレヒトはシルヴィアをソファに下ろした。

きょろりと辺りを見渡せばアルブレヒトの執務室だと解る。騎士団の宿舎で寝泊まりしているアルブレヒトは、アメルハウザー城に来た時にはこの部屋を使っている。

シンプルと言えば聞こえがいいが、この部屋には必要最低限の物しかない。

仕事をする為だけの部屋だと解る。前はもう少し色々とあったような気がすると、シルヴィアは首を傾げた。

「それで、勝負はカードですか？　チェスですか？」

「……えっと」

お気に入りのカップに、お気に入りのグラス。自分が刺繍したクッションに、自分が使う椅子。

まだアルブレヒトに纏わり付いていた十二歳までのこの部屋には、シルヴィアの私物が沢山あったのだと思い出した。

ぞくりと寒気を感じる。

何がなくなっているのか気付いて、シルヴィアは泣きそうな顔になる。

自分の物がなくなっているのだと解って、シルヴィアは心臓が痛くなる。

「か、カード……カードで勝負します」

考えたくない。深く追及したくない。

現実を、真実を、シルヴィアは見たくなかった。

だって怖いじゃないか。もしも、なんて。そんな事実は知りたくない。チェスよりは運の要素の強いカードで勝てばアルブレヒトに一つ我が儘が言える。

「……いいですよ。カードね」

「アル、アルブレヒト様は……勝負に勝ったら、何を望みますか？」

喉が酷く渇いているような気がして、シルヴィアはアルブレヒトを睨み付けた。

どきどきと心臓の音が煩《うるさ》い。アルブレヒトは何を望むのだろう。

「……そうですね。別に……ああ、それでは一つ」

「……なんですか？」

「来月のパーティーですが、欠席させてください」

ゆったりと笑うアルブレヒトにシルヴィアの心が凍り付いた。

どうしよう。どうしよう。どうしよう。

泣きそうだ。喚きそうだ。泣き叫んでアルブレヒトに問い詰めたい。

「それでは、会議に行ってきます。その間に悩みなさい」

ハンデをあげます、と。

静かで重く脳を揺らす声がシルヴィアの耳に入り込んだ。

「一枚、好きなカードを引かせてあげましょう」

第二章　四年前の思い出

十二歳のあの時まで、シルヴィアは嫌になるほど子供だった。

「アルブレヒト様！」

自分の事しか考えていない。ただアルブレヒトの婚約者は自分なんだと、それだけを周りに認めさせたくて頑張っていた。

「こんにちは。お美しいシルヴィアお嬢様」

「アルブレヒト様のために毎日頑張ってます！」

苦笑するアルブレヒトに、シルヴィアはいつものように笑う。

騎士にしては優雅な所作で腰を折り、綺麗なお辞儀をするアルブレヒトにシルヴィアの胸が高鳴った。

でも十二歳じゃ、まだ全然釣り合わない。

年齢にしては少し低めな身長のシルヴィアは、並んで立てばアルブレヒトのお腹辺りに目線がくる。頭の天辺はアルブレヒトの胸にも届かない。きっと隣に並んでも親子にしか見えないだろう。

いや、親子にも見てもらえないか。シルヴィアの髪は茶色に見えるストロベリーブロンドだし、アルブレヒトの髪はブルネットだ。肌の色だって、貴婦人として城で生活する者と戦う騎士が同じ色をしている訳もない。

「本日のご用は何ですか？　シルヴィアお嬢様」

「……えっと、その」

だから不安だった。

マナーの練習も勉強も、アルブレヒトに相応しいレディになる為ならばつらいとは思わない。ダンスや乗馬の練習だって大変じゃない。騎士団の偉い人の妻になるのだからと、普通ならば習わない狩りの為の弓だって覚えた。

次期国王である父が決めた結婚なんだから心配はない。

絶対に結婚できる。アルブレヒトと、どんなにアルブレヒトと釣り合わなくても結婚できる。

解っていても不安だからシルヴィアはアルブレヒトに付きまとった。

「今日、こっちに来るっていうから、顔だけでもって……」

しかし簡単に会える訳もない。

相手は騎士団の偉い立場の人で、自分の鍛錬《たんれん》の他に若い者の指導もある。辺境伯の身分ではあるが、アルブレヒトは貴族ではなく騎士だった。

「……遊びにきちゃいました！」

アメルハウザー王国お抱えの騎士団の拠点《きょてん》は、国王の住む城から馬で五分のところにある。

普通の騎士団と違って要塞のような城を拠点にしているのではなく、訓練所と宿舎と馬小屋が主な施設だ。

有事の場合は騎士団全員がアメルハウザー王国に寝泊まりする事になるが、規模の大きくなった騎士団の生活を全て賄《まかな》う事は無理だった。

騎士団全員が寝泊まりできる程度の部屋数と広さはあっても、騎士団と貴族の生活はあまりにも違う。甲冑を纏い馬を走らせる場所も必要だし、剣や槍を振るって戦う場所も必要になる。充分な広さを誇る王宮と呼ばれる大広間は、式典やパーティーはできても騎士達の訓練の場には向かない。他国に見せる為の綺麗な中庭では、騎馬試合ができる程度の広さはあっても毎日の鍛錬には耐えられない造りだった。

数年前ぐらいは騎士団自体が小さかったらしく、アメルハウザー城に宿舎と訓練施設もあったらしい。しかし今は無理だ。騎士団のほとんどの人間は城から馬で五分の場所にある施設で寝泊まりしている。

だからアルブレヒトはアメルハウザー城に住んではいない。何年前からだろう。もっと昔、シルヴィアがもっと小さな頃は一緒に城で遊んだ気がする。

一緒に食事をしたり、食後にゲームをしたり、寝る前にお話をした。

でもシルヴィアが貴婦人としての勉強を始めるほんの少し前に、アルブレヒトはアメルハウザー城からいなくなってしまった。

酷く悲しかったのを覚えている。

まだ小さかったから我が儘を言って、どうしてアルブレヒトがいなくなったのかと侍女や執事に聞いて回った。

婚約者じゃなかったのか。結婚するんじゃなかったのか。何も意味を知らないくせに、幼いシルヴィアはアルブレヒトを自分のモノだと思っていた。

玩具をなくした子供だと、今ならば解る。少しでもアルブレヒトの姿を見つければ、貴婦人の勉強をしている身で走って飛び付いて大泣きする。びゃーびゃー泣いて背中に張り付く子供をアルブレヒトはどう思ったのか、聞きたくないどころか記憶すら封印したい恥ずかしい過去だった。

「シルヴィアお嬢様。私は遊びに来ている訳ではありませんよ」

「でもでもっ、少しならいいでしょ？」

そんな過去があっても、子供は成長して大人になる。まだ十二歳だけど、シルヴィアは自分が大人になったと思っている。

だって、ぎゃん泣きした過去を恥ずかしいと思う。恐ろしく馬鹿で恥ずかしい子供だったと思えるぐらいには大人になった。

「チェスかカード……そのぐらいの時間ならいいでしょ？」

「……シルヴィアお嬢様」

三十五歳になるアルブレヒトは司令官という役職に就かなければいけないと聞いている。それが高い地位なのか、騎士団の勉強までしていないシルヴィアには解らない。既に騎士として訓練を始めている兄達に聞けばいいのかもしれないけど、騎士団に関してまで知りたいのかと溜め息を吐《つ》かれてしまう。

そうでなくとも兄達には色々と聞いていたせいか、最近は呆れ顔を隠してももらえなくなっていた。

何もそんな顔をしなくてもいいじゃないか。最初の頃は揶揄《からか》いながら色々と教えてくれたくせに、どうして今更そんな生温い目をして苦笑するのか教えて欲しい。二十三歳も年が離れていて、まだまだ子供でアルブレヒトに釣り合わないと解っているから悔しくなる。どうして誰も解ってくれないのだろう。

好きなだけだ。政略結婚だろうが二回り近い年の差だろうが、それこそ釣り合わないと解っていたって好きなんだとシルヴィアは唇を噛む。

子供の頃は、自分を大人扱いしてくれる優しい人だと思っていた。

家族のような友達のような執事のような、近くて大事な人だった。

今のシルヴィアにとってアルブレヒトは、婚約者であり恋人であり未来の夫だった。

「じゃあ、じゃあ、お茶だけでもいいから！」

好きになっちゃいけないなんて誰も言わなかったと、シルヴィアは眉間《みけん》に皺を寄せる。政略結婚の相手を、親の国の政《まつりごと》で決めた相手を好きになっちゃいけないなんておかしいだろう。

でも何をどうすればいいのかなんて解らない。二十三も上の男の人にどうしたら好きになってもらえるかなんて、シルヴィアには見当もつかなかった。

きっと何もしなくていいのだろう。次期国王である父が決めた結婚なのだから、余程の事がない限り約束は果たされる。

ただ年齢になるまで待てばいい。

シルヴィアが十七歳になったら婚約式をするのだと父は言っていた。

「……本当に困ったお嬢様だ」

「……ごめんなさい……でも……」

深い溜め息を吐かれてシルヴィアは眉尻を下げて床を見る。

我が儘を言っている自覚はある。アルブレヒトが忙しいのは見ていれば解るし、騎士団の偉い人としての仕事なんだから邪魔しちゃいけないのも解る。

だけど少しだけでいいから自分を構って欲しくて、シルヴィアは縋《すが》るような視線をアルブレヒトに向けた。

「少し、だけですよ」

「ほ、本当に？」

「武器商人を待たせているので、その対応が終わったらですけどね」

「やったぁ！　リンゴとシトロンの果汁を用意させる！」

書類のような物を纏めてから立ち上がるアルブレヒトに、シルヴィアは両手を挙げて喜ぶ。ぴょんぴょん跳ねて、部屋を出るアルブレヒトの後ろに続いた。

何だかんだいっても、アルブレヒトは優しい。

ほとんどのシルヴィアのお願いは聞いてくれる。遊んでとか遊んでとか遊んでぐらいしかお願いしないからかもしれないけど、しつこくお願いすれば聞いてくれる。アルブレヒトが本当に忙しい時には、雰囲気というか空気というか全身で近寄るなというオーラが出ているから、それを外せば大抵のお願いは叶えてくれた。

一緒にお茶をしたりゲームをしたり、馬に乗せてもらった事もある。手綱《たづな》を持たせてもらった事もあるし、弓を引かせてもらった事だってある。必死に真剣に泣きそうになりながら言えば、何でもアルブレヒトは我が儘を聞いてくれた。

我が儘を叶えてもらうと、許されているような気がする。

自分でも駄目だと思うけど、好かれている証拠のような気がする。

でも解っている。そんなの知っていた。

そんな我が儘を言ったら嫌われてしまう。もう嫌われたかもしれない。本当に嫌われてないだろうかと、シルヴィアはアルブレヒトに我が儘を言う。

今日も小さなお願いを聞いてもらえたシルヴィアは、アルブレヒトが扉が開け放たれた部屋に入るのを確かめて近くを歩く使用人に声をかけた。

「私の部屋に、リンゴとシトロンの果汁を用意しておいて」

「かしこまりました」

「あ、それと、それと。昨日ね、料理長に黒胡椒《くろこしょう》とチーズの甘くないタルトをお願いしてあるの。それを持ってきて」

騎士団の偉い人としての用事で、今日アルブレヒトがアメルハウザー城に来ると兄達から教えてもらっていた。

仕事で来る。騎士団の代表として来る。昼間の数時間だけ。そう兄達から聞いていたシルヴィアは、なんとしてでもアルブレヒトの時間をもらおうと頑張っていた。

「かしこまりました。アルブレヒト様がいらしているんですね」

「そうなの！　一緒にお茶してもらえるの！」

にこにこと笑うシルヴィアに使用人も微笑む。このアメルハウザー城では、シルヴィアの婚約者大好き病は有名だ。

騎士らしく背を伸ばし真っすぐに歩くアルブレヒトの背中に突撃したり、そのまま背中に張り付いていれば使用人だって気付くだろう。『貴婦人が何をしているんですか』と、アルブレヒトに抱っこされているシルヴィアを見れば使用人達の視線は生温くなる。

「アルブレヒト様、あんまり甘い物お好きじゃないから。料理長にお願いして良かった」

「では、シルヴィア様の為にはアーモンドクリームとシトロンのジャムのクラップフェンをお持ちしましょう」

「本当？　わーい！」

婚約者大好き病を隠さないシルヴィアは使用人にお礼を言ってから、嬉しそうな足取りでアルブレヒトが入っていった部屋に向かった。

開け放たれたままの扉から部屋の中を覗いて、もしも入りづらい雰囲気だったら部屋の外で待っていようと考える。アルブレヒトに我が儘を言いたいし自分だけを見て欲しいけど、別に仕事を邪魔したいとは考えてない。騎士団の偉い人というのがどれだけ大変なのか、そのぐらい十二歳のシルヴィアだって解っていた。

しかし運が良いのか悪いのか、アルブレヒトと武器商人と思われる人達は部屋の真ん中で立って話している。武器商人の足下に置かれた大きな鞄《かばん》から高そうな剣が出てきて、アルブレヒトもその剣に夢中になっている。扉に近い大きなテーブルにも槍や短剣が並んでいるのにと、シルヴィアは首を傾げながら部屋に踏み込んだ。

こういった物の買い付けもアルブレヒトの仕事なのだろうか。ちょろりと入り込んだシルヴィアにアルブレヒトも武器商人も気付いていない。テーブルの上に並べられた物をなんとはなしに見て、シルヴィアの視線が一つの短剣の上で止まった。

アルブレヒトが腰のベルトに通している短剣と同じだ。

悪戯《いたずら》するつもりはなかったし、もちろん盗むつもりもない。欲しいと思った訳ではなく、単純にアルブレヒトと同じだと短剣を手に取る。

「何をしている！」

「きゃぁあっっ!?」

大きな声はアルブレヒトの声じゃなかった。

聞いた事のない声だから、武器商人の声だろう。だってシルヴィアが何か悪戯した時に、アルブレヒトが声を荒らげる事はない。声よりも手が先に出るというか、そっとシルヴィアの手を摑んで止めてくれる。むしろシルヴィアが悪戯するのはアルブレヒトにだけだった。

もう悪戯をして楽しい年齢でもない。貴婦人としての勉強だってしているのに、使用人を困らせるような悪戯なんてしない。

それにアルブレヒトにするのは悪戯じゃなくて、構って欲しいという主張だった。

飛び付いたり背中に張り付いたり、手を握ってみたり腕を組んでみたり、座るアルブレヒトの膝の上に座るのは悪戯じゃないと思う。でもそういう時にアルブレヒトは声をかけずに、目を見て笑ってそっと手を摑んでくる。それから駄目だとかいい加減にしなさいとか言われて、小言というか説教が始まるのがいつもだった。

だから驚いてしまった。

いきなりの声に驚いてシルヴィアは手を振り上げる。

持ち上げていた短剣を上に放り投げてしまう。あわあわと慌てた証拠のように宙を舞う短刀を、シルヴィアは慌てたまま掴もうとする。

鞘《さや》に収まった短剣ならば良かっただろう。しかし品定めの為か抜き身の短剣の横に鞘が置いてある。

今シルヴィアが掴もうとしているのは短剣の刃《やいば》の方だった。

「きゃっっ」

一瞬、何が起きたか解らない。

慌てて短剣を放り投げてしまったシルヴィアは、良く研がれている短剣の刃を掴もうとした事すら意識していない。

ただ目の前を何かが横切った。

「シルヴィアお嬢様」

「ア、アルブレヒト様っっ」

「まったく……貴方のおっちょこちょいは何歳になれば治るんですか?」

呆れた声を出して溜め息を吐いているアルブレヒトはいつも通りだと思う。シルヴィアが何かしでかしても、怒るではなく呆れられるのはいつもの事だ。

でも何か違和感がと、シルヴィアの顔は真っ青になった。

「アルっ！　てっけがっちっちっ」

「はいはい。落ち着いて。ああ、泣かなくていいですから」

全身の血がなくなるような気がする。

目の前が真っ暗になって、体温が急激に下がっていくのが解る。

なんでもないように苦笑するアルブレヒトは、不自然に自分の左手を押さえていた。

「だっっだっちっちっごめなさっごめんなさぃいっっ」

たらりと血が流れている。上に向けた左手を押さえた右手の隙間から手首に向かってたらたらと血が流れている。

「ひっ、あるっあっあるっっ、ち、ちっ」

「落ち着いて。ほら、シルヴィアお嬢様、深呼吸」

そうだ。自分は何をしようとしていたのか。

急に声をかけられてびっくりして、手に持っていた短剣を放り投げた。慌ててその宙に舞う短剣を取ろうとした。柄の部分を掴む余裕なんてない。だって刃の方が面積が大きいだろう。柄の部分が大きかろうが小さかろうが関係ないのか。だって狙ったところを掴むなんて、シルヴィアにそんな器用な事はできない。

結果、シルヴィアが怪我をしないようにアルブレヒトが助けてくれた。

手で落ちてくる短剣を弾いたのか。普段のアルブレヒトならシルヴィアの手を摑んだだろうが、少し離れた距離と立ち位置と両手で摑もうとしていたのがいけない。

扉から入ってすぐの大きなテーブルに手を伸ばしていたシルヴィアは、アルブレヒトの正面にいたけど身体は横を向いている。扉を背にして目の前にはテーブル、右側が壁なら左側にアルブレヒトと武器商人がいる。この状態でシルヴィアが何かを摑もうとしているのを阻止するなら、落ちてくる短剣を弾くしか手はなかった。

離れているから時間がない。身体を押せば落ちてくる短剣に手が当たるかもしれないし、レディであるシルヴィアを突き飛ばすなんて事は、騎士であるアルブレヒトの選択にはなかったのだろう。同じ理由で短剣から離すように扉側に身体を倒す事もできない。

だからアルブレヒトは短剣を手で払った。

そのせいで左手の横、小指の下辺りを短剣の刃で切っていた。

「ごっ、ごめっなさっ」

「貴方の粗忽《そこつ》さとうっかりとそそっかしいのは解ってますよ。声に慌てたんですね？　驚いたんでしょう？　大丈夫、もう怖くないですよ」

優しい声にシルヴィアはアルブレヒトに抱き付く。突進する勢いで抱き付くけど、シルヴィアの行動を読んでいるのかアルブレヒトは揺れもしない。

ただ困ったように笑うだけだ。

「血で汚れますよ」

「あっあるっあるっ！　ごめなさっごめんなさいっ！」

「大丈夫。このぐらいなんでもありません」

ぎゅうっと抱き付いてアルブレヒトの腹に顔を埋める。

怪我をさせてしまった。血が出るほど。自分のせいで。自分のせいでアルブレヒトが血を流している。

困ったような顔や、呆れた顔や、仕方がないという目で怒られる事はあっても、怪我をさせて血を流させるなんてとシルヴィアの頭の中は真っ白になる。

自分のせいで。自分が貴婦人らしく大人しく待っていなかったから。少しでもアルブレヒトに構って欲しいと我が儘を言ったから。短剣なんて危ないと解っているのに、アルブレヒトと同じ短剣だからと手を出したせいで怪我をさせてしまった。

大事な人。親の決めた国の政で決められた婚約者。

解っている。シルヴィアはアルブレヒトが好きだけど、彼はきっと違うと解っている。

考えたくないけど少し考えれば解るだろう。いくら政略結婚でも、自分よりも二十三歳も年下の子供を娶《めと》らなければならないなんて、アルブレヒトには苦痛だって解っている。

だってアルブレヒトが望んでいる結婚ではなかった。

兄達の言葉で気付いてしまう。アルブレヒトには野心がない。騎士団の上の地位を望んでいる訳ではなく、盾仲間であり親友のアメルハウザー王国次期国王の為に高い地位にいく事を、そして結婚を承諾したらしい。

好きなのは、自分だけ。そんな現実からシルヴィアは目を逸らしていた。

子守だなんて解っていても認めたくない。子供だと思われていると知っていても許せない。諦めているから優しくて、観念しているから甘やかしてくれる。

悔しくて悲しくて辛くて泣きたいけど、それでもアルブレヒトはシルヴィアの婚約者である事には間違いなかった。

「あ、ある……ごめんなさい。アル」

「懐かしいですね。もうレディになったから、その呼び名を止めるって言いませんでしたか？」

「だっ、だって、アル、血が……」

「騎士にとってこのぐらいの怪我は問題ありませんよ。大丈夫です」

ひぃっくと、しゃくり上げたシルヴィアはアルブレヒトの困った笑い顔を見る。

諦めたからでもいい。仕方がないからでもいい。次期国王である父の為だって構わないからと、シルヴィアは心の中だけで誓った。

政略結婚だろうが何だろうが好きなんだから絶対に結婚する。

決められているからと慢心していれば足を掬われるだろう。アルブレヒトに相応《ふさわ》しい貴婦人は沢山いる。

もしも国に何かあればシルヴィアはアルブレヒトと結婚できないと解っていた。

今が平和だから騎士団の為にシルヴィアの婚姻を使える。アルブレヒトの地位を上げる為に使えるけど、もしも何かあれば王族直系のシルヴィアの婚姻は切り札に変わる。

他国との同盟。戦いの終結。譲歩、停戦、協力、何にでも使える婚姻関係は優先順位を変えるだろう。

でも好きなんだから、アルブレヒトの妻になるのだとシルヴィアは信じていた。

第三章　夜這いでまさかの!?

もしかしたら、神様に嫌われているのかもしれない。いや、自業自得《じごうじとく》なのか。十二歳の時の事まで思い出してシルヴィアの心は極限まで沈む。

どうして嫌な予感というのは当たってしまうのだろうか。

そう思いながらシルヴィアは泣いた。

もう凄い凄いすっごい泣いた。

だって運までアルブレヒトの味方をする。一枚好きなカードを引かせてもらったのに、ゲームに勝ったのはアルブレヒトだった。

頭の使うチェスは初手から負けそうだったからカードにしたのに、いくらなんでもあんまりだ。悔しいを通り越して呆然としていればアルブレヒトがベリーの果汁を差し出してくれる。最近は飲んでなかった果汁に、子供だと言われているような気がした。

どうしてと、怖くて聞けない。

騎士団の軍務隊長であるアルブレヒトの婚約者なのに、王国お抱えの騎士団という特異性すら教えてもらえない。以前は聞いてもらえた我が儘すら聞いてもらえなくなり、唯一婚約者としてアルブレヒトを独占できるパーティーの欠席を望まれてしまった。

何かをした記憶はない。四年間も近くにいなかったのだから心当たりはない。

ならば、最初から嫌だったのだろう。

二十三歳も年下の女との結婚。まるで自分の子供のような年齢差。子守でしかない。女として見てもらえないどころか、自分はアルブレヒトにとって泣き喚《わめ》くだけの面倒な存在だったと気付く。

騎士団の軍務隊長という立場に就く為の政略結婚だ。

アルブレヒトにとってシルヴィアとの結婚は、煩《わずら》わしいものだったのだと気付かされた。

嫌われたのか。他に好きな人がいるのか。

アメルハウザー城で寝泊まりしていないアルブレヒトの動向を探る事はできない。赤ん坊の頃から見ているから女として見る事ができないのか、それとももっと相応しい貴婦人が現れてしまったのか、シルヴィアに確かめる術《すべ》はない。

解っている。だってアルブレヒトは格好良い。もてない訳がなかった。

じりじりと心の奥が痛む。きりきりと喉《のど》が引き攣《つ》れ息が苦しい。がんがんと打ち付けるような鈍い痛みが目の中に居座って、シルヴィアの心を傷つける。

でもアルブレヒトを好きな気持ちは変わらないから、両親と祖父母にバレないように必死に注意して部屋で泣き続けた。

もっとズルイ女になれたら良かったのかもしれない。

シルヴィアは自分の身分と権利と権力を知っている。両親や祖父母に言えばすぐにアルブレヒトと結婚できるだろう。

泣いて頼めば、あの人と結婚したいと縋れば、アルブレヒトの気持ちを無視して結婚する事ができる立場にいた。

嫌な立場だ。最低の行為だ。でも可能なのが悔しい。

そんな事をしたって意味はないと解っている。解っているから使用人を懐柔《かいじゅう》しシルヴィアはベッドの中で過ごしている。

泣いているのを両親と祖父母に気付かれたくない。うっかり間違って手が滑って髪を切り落として部屋から出られないと言って欲しいと使用人に告げ、ベッドの中というより布団の中から出なくてもいい状況を作り上げた。

でも泣いているだけではアルブレヒトは手に入れられない。

三日も泣けば頭の中は冷静というか何というか落ち着いてくる。

『そんなに泣くなって……お前が泣いてるとクラウディアが泣くだろ』

『うざいれおんはるとおにいさまはでてけ』

『レオン……妹を心配しているなら心配しているって言えばいいじゃないですか』

べーべー泣いていればクラウディアが心配して何度も部屋に来てくれた。

悪いとは思っている。だけど涙は急に止められない。新婚というか、婚約式を挙げ教会に認められ、今まさに結婚しますと宣言して公表している期間のクラウディアとレオンハルトに迷惑をかけていると解っていてもどうしようもなかった。

ここで泣いて泣いて目が溶けるぐらいに泣いて、ただ泣くしかできない嫋やかで健気で淑やかな深窓の貴婦人ならば話は違っただろう。

きっとそんな貴婦人ならば周りが心配してどうにかしてくれる。心配してアルブレヒトに忠告して見舞いに来たりするような展開になったりしたかもしれない。

しかしシルヴィアは自力で勝利を摑みたいタイプの貴婦人だった。

それは貴婦人じゃないと言われても性格はどうしようもない。三日泣いて考えついた答えが、「アルブレヒトに夜這《よば》いを仕掛ける」だったのだから仕方がない。

もちろんクラウディアだけには相談した。夜這いをかけて肉体関係を作ってしまえと思っていると、小さな声で言えばクラウディアは腰を抜かしてベッドに縋り付いてきた。

解っているんですか。夜這いがなんなのか。待って。肉体関係は。はしたない。でも本気なら。義妹が本気なら。でも危ないし。でもでもいくらなんでもそれはないない。

自分よりも凄い凄い取り乱したクラウディアに、シルヴィアは首を傾げる。

吟遊詩人ですら歌っている夜這いに何をそんな慌てるのかと言えば、クラウディアは赤い顔を青くしてあわあわしだした。

真っ赤になったり真っ青になったり真っ白になったりする。あわあわおろおろしながら、落ち着いて落ち着いてと壊れたように繰り返すクラウディアを見ていると、何故か落ち着いてくるから不思議だろう。

目の前で先に慌てられると冷静になってしまう。自分よりも慌てる人がいると反対に落ち着いてしまう。

そんな感じだったが、冷静になったシルヴィアは夜這いの決定を変えたりしなかった。

これに慌てたクラウディアがレオンハルトや侍女達に相談する。なんて事をしようとしているのだと叱咤《しった》されるはずなのに、アメルハウザー城に住む兄妹義姉に使用人達は残念なぐらい仲が良かった。

『ほら、僕からだって言うなよ』

王国お抱えの騎士団の宿舎の見取り図を下の兄であるレオンハルトからもらった。

色々と忙しくて顔を出せない上の兄アンゼルムは、小さな鍵をシルヴィアに手渡してくれる。絶対に絶対に絶対に内緒だという鍵は、アルブレヒトの自室の鍵らしい。

『使用人の人達もシルヴィア様を心配しているんですよ』

ほんわかとして天然な、貴婦人らしい貴婦人のクラウディアは、正統派な貴婦人として憂《うれ》い顔で使用人達を陥落《かんらく》してくれた。

乗馬用の靴にドレス。何かあった時にと腰のベルトには短剣もある。もちろん両親と祖父母に言い訳をしてくれたのもクラウディアだ。

恐ろしいほどの本気だと解るように、城から宿舎までの馬に護衛までが手配されている。

『シルヴィア様……準備万端ですバッチリです完璧です』

『使用人一同、シルヴィア様の決意を無駄にしませんっ』

子供の頃から仲の良かった侍女達が自分達の身分を駆使して、騎士団の宿舎へ乗り込めるように準備していた。

さすがは特異といわれる王国お抱えの騎士団。

アメルハウザー城で過ごす使用人達と、騎士団の主な戦力である身分の低い歩兵や軽騎兵達は仲がいいらしい。城下町で飲み会なんかをしているというから、その仲の良さはお見事としか言いようがない。

シルヴィアの意気込みと悲しむ姿が見たくないと、侍女達は騎士団の騎士達にこの作戦を持ちかけた。

もう恐れるものはない。なんていうか完璧だ。完璧過ぎて、これが貴婦人からの夜這いの作戦だとは思いたくない。

きっと吟遊詩人だって驚いてくれるだろう。

「いいですか？　シルヴィア様に何かあった場合……解ってますね？」

「もちろんだよ。宿舎の上官様が使ってる施設まではエスコートするって」

「作戦が成功したら、侍女の中でも綺麗な子を連れて飲み会します」

報酬《ほうしゅう》がそれでいいのかという気もするが、それでいいのだろうかとか考えたら負けだった。

だってそんなんでも作戦は完璧だ。

国王夫妻に次期国王夫妻が寝静まった頃、数人の侍女達がシルヴィアを城の外に出す。

大広間である王宮の階段を下り、広大な中庭の途中で下男が馬を従え待っている。下男の操る馬に乗せてもらい城門まで行けば、今度は騎士団の歩兵軽騎兵が城門の少し先で鞍《くら》をつけた馬の手綱を持って待っている。同じく馬に乗った五人の歩兵軽騎兵がシルヴィアの護衛にあたり、アメルハウザー城から五分の騎士団宿舎に送り届ける。

気持ち悪いぐらいに完璧だった。

ちょっと人数が多いんじゃないのと思うぐらいに完璧な流れだろう。

「……ごめんなさい。我が儘を言って」

「いいんです。俺達のような下っ端の兵にとって、王族の貴婦人をエスコートできる機会なんてないいんだから名誉です！」

「そうです。シルヴィア様に忠誠を誓《ちか》える身分じゃないですからね！　お声をかけていただけただけで満足です！」

見張りに門番までを懐柔《かいじゅう》しているところが凄かった。

まるで他国との戦いの末に余儀《よぎ》なくされる逃亡劇のようだ。恐ろしい緊張感と、完璧で綿密な作戦は笑うに笑えないぐらいに凄い。

だけど仕方がないだろう。

王族の未婚の貴婦人が夜這いをかけるという事は、それだけ大それた話だった。

でもシルヴィアは後悔なんかしていない。

何度聞いてもクラウディアは具体的な話をしてくれなかったが、夜に忍んでアルブレヒトの部屋に入ってしまえば大丈夫だと言っていた。アルブレヒトの部屋に入り込んで、夜に二人きりになってしまえば問題はないと言っていた。

「それにしても……本当にアルブレヒト様でいいんですか？　シルヴィア様、若いし綺麗で可愛いのに」

「アルブレヒト様は俺達騎士団の誉《ほま》れですが……怖いしスゲー厳しいし怖いし、なんか怖い人ですよ？」

「カリスマ性はある人ですけど、その、得体の知れない恐怖というか……いや、凄い人なんですけどね！」

誰に何と言われても決心は揺るがない。

当たり前だと思っていた未来が壊れ、当然だと思っていた人が消える恐ろしさは胸を締め付ける。

十二歳の時にアルブレヒトに怪我をさせなければ、もっと子供染みた執着で終わっただろうけど、今のシルヴィアの胸には真剣な思いが溢れていた。

純粋に好きだと思う。

単純に惹《ひ》かれていると解る。

最初は自分をレディ扱いしてくれる人で、自尊心を擽《くすぐ》り優越感を満足させてくれる人でしかなかった。長く一緒にいれば傍にいるのが当たり前の人になって、この人と結婚するのだと疑いもしなかった。

年齢差に苦しくなり、体格差に悔しくなる。

それでも自分は子供だった。どうしようもなく我が儘で、アルブレヒトを大事な玩具だと思っていた。

自分のせいで血を流すアルブレヒトを見るまで気付けないなんて、自分で自分が嫌になる。そんな子供がアルブレヒトに嫌われても仕方がないと思うのに、自分だけは嫌われないと思っていたから余計に苦しくなる。

「アルブレヒト様がいいんです。アルブレヒト様しか考えられません」

「……シルヴィア様。そんなイイ笑顔で」

「……俺達は話ができただけで僥倖《ぎょうこう》だって。シルヴィア様がそういうお気持ちなら応援しようぜ」

どうして嫌われていないと思ったのだろう。

どうして何をしても嫌われないと思っていたのだろう。

シルヴィアは自分の無頓着《むとんちゃく》さに問いかけたかった。

「こちらの階段から上には俺達のような下っ端には入れません」

「この見取り図でいうと……音を立てずにゆっくり三階まで上ってください。階段から右側に行って突き当たりがアルブレヒト様の寝室です」

「三階はアルブレヒト様だけなので、あまり大きな音を立てなければ大丈夫です」

十七歳になれば必然と結婚できると思っていたから、シルヴィアの心に余裕があったのかもしれない。

余裕ではなく自信だろうか。慢心《まんしん》かもしれない。

アルブレヒトに相応しい貴婦人になりたい。相応しくなれば喜んでくれる。

だって自分とアルブレヒトは結婚するのだから。妻になるシルヴィアが立派な貴婦人になれば、アルブレヒトが嬉しいと思ってくれると盲信《もうしん》していた。

「…………ありがとうございました。私、頑張ってきます」

乗馬用のドレスの裾を持ち上げて、シルヴィアは綺麗なお辞儀をする。

王族が用意しているドレスに質素な物はない。それが乗馬用でも豪華な刺繍と重厚な布地で構成されている。

ただ機能的になっているだけだ。フリルやレースは使わず宝石や花で飾らず、鞍と鐙《あぶみ》に引っかからないように刺繍が施されていた。

せっかくの夜這いなのだから、本当は綺麗なドレスで来たかったが無理だろう。

今回は城から騎士団の宿舎までの道程だったが、本来なら乗馬用のドレスは森や林を駆け抜ける事を前提に肌の露出は避けるように作られている。この乗馬用のドレスも胸元はしっかりと布地に覆われ首の中程まで守られている。袖も長く跳ねた石や枝や葉から守られている。

こんな格好で夜這いだなんて恥ずかしいと、いつも着ているドレスよりも質素なドレスを見てシルヴィアは階段を上った。

考えられる最高の身嗜《みだしな》みを整えてから夜這いしたかった、と思う。そうすれば少しは情にほだされてくれるんじゃないかと、浅ましい思いがある。

でも、仕方がない。どうせ嫌われてしまうのなら、自分の思いを吐露《とろ》して、アルブレヒトに引導を渡してもらいたかった。

レオンハルトのくれた見取り図を睨《にら》み付け、右側の突き当たりの部屋に向かっていく。ドレスの裾を掴む手は震えている。腰のベルトに通してあるポシェットから、アンゼルムにもらった鍵を出してシルヴィアは深呼吸した。

「…………」

そっと、鍵穴に鍵を入れる。

心臓が壊れそうなぐらいに跳ねているけど、緊張で指先が震えて鍵穴に鍵が入らなくて泣きそうだけど、必死に扉の鍵を外す。

カチリと、扉の鍵が外れた。

後は内開きの扉を開ければいい。時間が時間だからアルブレヒトは寝ているだろう。騎士団の宿舎に来るのが初めてなのだから、シルヴィアはアルブレヒトの私室を見た事がなかった。

「…………えっ⁉」

そっとそっと慎重に丁寧に静かに開けたはずの扉が、がつっと恐ろしい音を立てて開かなくなってしまう。

何が起きたのか。何がどうなっているのか。鍵は開いているはずなのに、どうして扉が開かないのか。

半泣きになりながらシルヴィアが扉をガチャガチャさせていると、奥から呆れた溜め息が降ってきた。

「まさか本当に来るとはね。こんばんは、シルヴィアお嬢様」

「こ、んば、わ……」

あまりにあまりであんまりな事態に遭遇《そうぐう》すると人は駄目になる。

シルヴィアは目を丸くして扉の少し先にいるアルブレヒトを見つめてしまう。

「こんな遅くに何の用事でしょうか？」

「…………よ、夜更かしは美容の大敵ですよ。アルブレヒト様」

十五センチぐらいだろうか、腕が一本入る隙間を空けて重そうなソファが扉の前に置かれていた。

丁度、背もたれが扉を塞いでいる。内開きじゃなくて外開きの扉なら、ソファの背を越えてしまえば部屋の中に入れるのに、腕一本分の隙間しかないからシルヴィアは顔を顰める。

「……なんでソファ？」

「アンゼルムに鍵を盗まれ、レオンハルトはこそこそと宿舎の見取り図を作り、部下達が落ち着きなく動き回っていれば……大体、想像はつきます」

「……アルの頭のイイところ、好きだけど今は嫌い」

頭にきてシルヴィアは隙間から腕を突っ込んでうごうごと部屋の中に入ろうとした。うぎぎぎと、貴婦人らしくない声を上げながら必死に扉を押す。この状態からして貴婦人ではないけど、普通の貴婦人はソファなんて動かせないからシルヴィアは身体を揺する。

頬を顔を全身を扉につけて、腕をむいむい振れば呆れた声が聞こえてきた。

「そんなに無理矢理しては、顔に痕《あと》が残りますよ」

「だったら入れてよ！」

「……シルヴィアお嬢様」

必死になって振っていた手を摑まれる。優しく握られて動きを止めれば、アルブレヒトが静かな声で言う。

「何をそんなにむきになっているんですか」

「なっ……当たり前でっっ⁉」

言われた通りに一心不乱に扉を押していたせいで、足がつるりと滑ってしまった。

丁度言い返そうと顔を扉から離していたのが仇になりそうな気がする。でも元々身体は斜めになっていたから、額を打ち付ける程度で済むだろう。もしかしたら鼻を強打して鼻血が出るかもしれない。顔面に擦り傷はちょっと貴婦人としてまずいなとか、そんな事を呑気《のんき》に思っていれば肩を摑まれた。

身体が斜めのままで止まる。部屋の中から腕を出してシルヴィアの肩を摑み、転ぶ寸前を救ってくれる。

「……まずは体勢を整えなさい」

「……はい」

顔は扉に打ち付ける手前で、肩を押さえてもらっているから足を一歩前に出すだけで体勢は整えられた。

色々と混乱しているけど、シルヴィアはアルブレヒトの手を掴む。肩を支えてくれていた手が離れないように、服ではなくて腕を掴む。

「シルヴィアお嬢様……手を離さないと、また転びますよ」

「嫌です」

自分の肩から離れた腕を、シルヴィアは両手で引っ張った。

扉の隙間辺りで手を繋いでいるような格好になる。両腕となると空いた隙間には入らないから、肘《ひじ》の辺りまで部屋の中に入っている状態になる。

「手を離して一歩下がって……扉を開けます」

静かな声に、シルヴィアはアルブレヒトの腕に爪を立てた。

ふるふると頭を横に振る。どう考えたって扉を閉められるだろう。絶対に閉め出しを食らう。

もうこれ以上、距離を開けられたくない。

物理的にも心理的にも全て、今までのように近くにいたかった。

「……いくら私でも、このソファを片手では」

「嫌ですっ」

目の前がじわりと滲めば溜め息を吐かれてしまう。でも呆れられても離せないから、シルヴィアは呆れた目をするアルブレヒトを睨み付ける。

はぁ、と。盛大な溜め息を吐いたアルブレヒトは、高い身長に相応しい長い足を振り上げた。

ドガンとかガシャンとか、なんだかまずい音が響き渡る。目の前でアルブレヒトが大きなソファを蹴《け》り上げ横に払ったと、目で見たのにシルヴィアは信じられない。

だって初めて見た。

アルブレヒトが暴力に繋がる行為をするところを、シルヴィアは初めて見た。

「さぁ、どうぞ。深夜に男の部屋に入る愚行《ぐこう》を後悔しなさい」

「…………おじゃまします」

怒ってる怒ってる怒ってる怒ってる。

それでも意地でアルブレヒトの手から両手を離さないシルヴィアは、恐る恐る部屋の中に足を踏み入れた。

びくびく震えながら手が引くままに部屋の中に入る。扉を塞《ふさ》いでいたソファ以外に二人で座れるようなソファはない。

木の机にシンプルな椅子は、書き物をするのに使っているのだろう。いくつかのチェストにグラスやボトルの入った棚もある。

あまりにシンプルで何もない部屋に、シルヴィアは嫌な悪寒を感じた。

蹴って壊されたソファは脚や背もたれが折れている。布地は裂け中の綿《わた》が飛び出しているけど、そこそこ高価な物だと解る。

でもそれだけだった。他人を受け入れる物はそれだけだと、シルヴィアは自分の手を引くアルブレヒトを睨み付ける。

「生憎《あいにく》と、ソファは壊れてしまいましたので……どうぞ」

高い身長に合わせた大きなベッドを手で示されて、シルヴィアは素直にアルブレヒトのベッドに座った。

どうして、こんなにも物がないのだろうか。この部屋は仕事で使っている訳ではなく、アルブレヒトの私室になるというのに物が少な過ぎる。

靴や服。武器の類《たぐ》いは手入れの為だろう。娯楽というか私物はグラスと酒のボトルぐらいだと思う。

「さて、ご用件をお聞きしましょう」

「……夜這いです」

素直に言えば、やっぱり大きな溜め息を吐かれてしまった。

暖炉《だんろ》の明かりに蠟燭《ろうそく》の明かり。廊下には松明《たいまつ》の明かりしかなかったから、部屋の中の方がアルブレヒトの顔が良く見える。

呆れている。困っている。怒っている。

「意味は解っているんですか？」

「解ってます。ついでに肉体関係を作ってアルと結婚しようと思ってます」

随分と、冷たく恐ろしく震えるような視線を投げ付けられた。

ぞくりと、部屋の中の温度が一気に下がったような気がする。嫌な雰囲気を纏《まと》ったアルブレヒトなんて見た事がない。騎士として騎馬試合や一騎打ちをする前だって、こんな険《けん》呑《のん》な空気を纏わないと、シルヴィアはこくりと唾《つば》を飲み込んだ。

「……さすがに、結婚前のお遊びはお父様もお許しになりませんよ」

「遊びじゃないっ！　アルと結婚するもの！」

「ああ、経験した訳ではなく……ふしだらで淫《みだ》らな下世話な話を聞いただけですか」

「ふ、みっ、げ？」

「……誰に夜這いと肉体関係の詳しい内容をお聞きになったのかお教えください」

にっこりと笑うアルブレヒトは笑ってないと、シルヴィアは自分の身体を抱き締めて顔を真っ赤にした。

怒っているのは解る。でも婚姻は肉体関係をもって成立するのだから、自分がアルブレヒトと経験するのはふしだらで淫らで下世話じゃないと思う。

「だ、誰だっていいじゃない、です、か」

「良くはないですね。ええ、制裁《せいさい》を与えないといけないぐらいに良くない事です」

近付いてくるアルブレヒトが手を伸ばし、震えるシルヴィアの頬を撫でた。

自分でも馬鹿だと解っている。でもアルブレヒトに頬を撫でられただけで嬉しくなるし、許してもらえたような気さえする。

「制裁とか……レオンハルトお兄様が黙ってないと思います」

「……レオンハルトが貴方に？」

「いえ、お義姉様のクラウディア様が……婚姻は肉体関係をもって成立するって教えてくれたから。じゃぁ、エッチすればアルと結婚できるかなって」

驚いた顔をするアルブレヒトが手を引こうとするから、シルヴィアはさっきと同じように両手で手を引き留めた。

だってシルヴィアは肉体関係の詳しい話は知らない。知っているのは一つだけだ。

「……詳しい内容は知らないと？」

「夫婦間の肉体関係は夫になる人に任せればいいと習ってます！」

「……シルヴィアお嬢様」

「だからアルブレヒト様が教えてくれなきゃ困るんです！」

自信満々に言い切ればアルブレヒトは物凄く微妙な顔で溜め息を吐く。しょっぱくて苦くてまずい物を食べたような顔をして、シルヴィアに向かって静かな声を出す。

「私は貴方のお父様と同じような年齢なんですよ？」

「知っています」

「わざわざ、二十三も年の離れた私と結婚しなくてもいいんです」

酷く脳に響く凜とした声が、シルヴィアの心臓を突き刺した。

だって、アルブレヒトが恐ろしい事を言っている。物凄く怖くて酷くて苦しくて嫌な嫌な事を言っている。

アルブレヒトの声だけが、シルヴィアの頭の中をくるくると回った。

騎士団の軍務隊長という立場に上る為に必要だった王族との婚姻関係。

今までかかってしまったが、婚姻関係を結ばなくても充分なぐらいの功績を挙げた。だから結婚しなくてもいい。問題は解消した。シルヴィアは自由の身となった。年齢の近い、シルヴィアに相応しい夫を見つけなさい。

そう淡々と言うアルブレヒトにシルヴィアは絶望した。

何を、言っているのだろう。

アルブレヒトは、何を、今、何を言ったのだろう。

まるで、アレと同じだ。

あのソファ。蹴り上げて払い去ったソファと同じだ。いらないから蹴られて壊された。

「……そっな、にっ、わたし、きらいっ？」

ぼろぼろぼろと、涙が流れる。

息をするだけで流れていく涙なんか初めてで、だから止められない。カードでアルブレヒトに負けてパーティーへの出席を断られた時には胸が痛くて死にそうだったのに、今は何かが壊れてしまったのかどこも痛くないのに涙が流れる。

「ほ、かに、けっこんしたい、ひと、できたの？」

「いませんよ。結婚するつもりはありません」

「もっと、きれいな、ひと、が、いいの？」

「シルヴィアお嬢様は綺麗ですよ」

「こども、だから？　おんな、の、みりょく、ない？」

「魅力的ですよ。充分に。シルヴィアお嬢様が悪い訳ではない」

ひぃっくと、しゃくり上げればアルブレヒトは溜め息を吐いた。

酷い酷いひどいひどいひどいひどいひどいひどい。

もう子供じゃない。十二歳の時にアルブレヒトに怪我をさせて、それから子供じゃなくなった。なのにいつまでも子供扱いはない。

「ほかに、すきな、ひと、いるなら、そういえばいいっ」

「だから、他に好きな人なんていませんよ」

「だっ、だったら嫌いだって言えばいいじゃない！　私が嫌いだって！　鬱陶《うっとう》しいって、邪魔だって結婚したくないってっっ！」

そういう事だろう。

そんなに嫌われていたとは思いたくないけど、アメルハウザー次期国王である父の決めた婚約を実力で壊すぐらいには嫌われていた。

ああ、もう、解った。

確かに嫌な子供だっただろう。我が儘で鼻持ちならない子供だった。その子供に婚約者面されて面倒だったのだと思い知らされる。

でもでも、だったら優しくなんてしないで欲しかった。

十二歳までアルブレヒトと結婚すると盲信する程度には優しかったと思う。怪我をさせて婚約者を名乗るのが恥ずかしくなって、初めて本当にアルブレヒトが好きだと解ったけど嫌われているとは思わなかった。

「……そんな子供のように泣かない」

「いいでしょ！　もうアルには関係ないんだから！　好きな人に嫌われてたなんて、泣くしかないでしょっ」

もちろん、こんな事も予想していた。

きっぱり清々するぐらい潔《いさぎよ》くふられてしまえば諦めもつくと思っていた。

でも、辛いものは辛い。悲しいものは悲しい。

だって好きなんだから仕方がないじゃないかと、シルヴィアはベッドから立ち上がった。

「おじゃましましたっ！」

酷い泣き顔だと自覚している。鼻水だって出ているだろう。顔はくしゃくしゃだしべろべろだし、貴婦人とか呼べないぐらいの顔をしている自覚はある。

これ以上は嫌われたくないと、走って逃げようとしたら足が縺《もつ》れた。

「……本当に。どうして何もないところで転べるんだか」

「……っ」

まるで見透かされていたようにアルブレヒトに抱き留められる。

そのまま抱き上げられて、当たり前のようにいつものような抱っこをされる。腿を持たれて背を支えられて、子供のように抱っこされた。

「そっ、そうやって優しいから勘違《かんちが》いするんでしょ！」

「私が優しい？」

「優しいじゃない！　嫌いなら放っておきなさいよ！　私が顔面から転ぼうが鼻血出そうが放っておけばいいのよっっ！」

じたじたと腕の中で暴れても、アルブレヒトの腕は緩まない。何だかんだと言いながら、そうやって優しくするから好かれていると勘違いしてしまう。

どう暴れても抱っこのままから変わらなくて、シルヴィアはアルブレヒトの頭を叩く事にした。

ぽかぽかと頭を叩く。泣きながら何をやっているんだろうと思って、アルブレヒトの頬を摑んで引っ張ってみる。

でも悔しいかな惚れた弱みで本当に酷い事はできそうになかった。

だから頬を伸ばしたり潰したりしてみる。抓《つね》ったり引っかいたり、痕にならない程度にアルブレヒトの顔を弄《いじ》る。

「悪戯《いたずら》をしない」

「きゃっ」

「……大体、誰が嫌いだと言いました」

ぎゅううっと抱き締められてシルヴィアは呆然とした。

だって今、アルブレヒトはなんて言ったのだろう。

顔から腕を外され、痛いぐらいに抱き締められる。強く強く骨が軋《きし》むほどに抱き締められて、宙を掻く腕をどこに置いていいのか解らない。

でもだけどだって、どういう事なのか解らなくてシルヴィアは固まった。

「落ち着きましたか?」

「……す、こし?」

「なら、そのまま静かに私の話を聞きなさい」

何を考えていいのか、何について考えていいのか、どこから考えていいのか解らない。

あまりにびっくりしたせいで涙も止まったけど、なんだか呼吸まで止まりそうな気がする。

「王族という身分の貴婦人なら政略結婚は当然だというのは解っていますね?」

心臓まで止まったらどうしようと思いながら、シルヴィアは淡々と話し始めたアルブレヒトの声を聞いた。

素直にこくこくと頷《うなず》けばアルブレヒトは話を続ける。シルヴィアの知らない話を静かな声で教えてくれた。

「貴方のお父様……私の盾仲間であり次期国王のフュルヒテゴット様は、貴方が生まれた時に大喜びして、嫁に出したくなかったそうです」

「……はぁ？」

「シルヴィアお嬢様が生まれて一週間、悩んだそうですよ。どうやったらアメルハウザー城から出さずにすむか、と」

それで考えついたのが、王国お抱えの騎士団の誰かに嫁がせる。

シルヴィアが生まれた時には騎士団はアメルハウザー城の中で生活していたから、嫁に出しても城から出ないと思ったらしい。

多分、フュルヒテゴット様の姉君のせいだろうと、アルブレヒトは言う。

クラウディアの母であり、アメルハウザー王国の次期国王であるフュルヒテゴットの姉は政略結婚のせいで身体も心も壊してしまった。

王国の問題だからこそ、壊れていく姉を救う事などできない。せめて姉の言う通りに、姉の娘のクラウディアと自分の子供であるレオンハルトを結婚させてあげるぐらいしかできない。

目の前で見ているしかできなかったからこそ、シルヴィアは生まれた時にアルブレヒトとの結婚を決められていた。

今ならば話は違っただろう。政略結婚は悲劇を生むばかりではないと解っている。

ただ、シルヴィアが生まれた時は、時期が悪かった。

「……勢い、ってヤツですね」

「……いきおい……お父様らしいといえば、らしいような」

「レオンハルトの時もでしたが、勢いとはいえ次期国王に相応《ふさわ》しい方ですので……実行力はあるかと」

姉の願いだからと、レオンハルトとクラウディアの婚姻は口約束だけではなく教会に話を通していたらしい。同じ理由で、シルヴィアとアルブレヒトの婚姻も教会に話が通っているという。

しかし、教会に話をもっていった頃とは違う。

二十三歳も年の違う無理な婚姻をしなくてもいいのだと、アルブレヒトは言った。

「後は私の家の事情もあります。醜い相続争いのために私は家を出てますからね。フュルヒテゴット様はお優しいので……」

「……えっと？」

「ですから、政略結婚ではありますが抑制力は少ないと思われます」

なんだか頭の中が混乱して、シルヴィアは眉を寄せる。

クラウディアの言っていた絶対的な政略結婚ではなく、違《たが》えてもいい程度の政略結婚だというのか。だからアルブレヒトは自分で功績を挙げて政略結婚の必要性を回避したと言っているのだろうか。

ぐるぐると色々な情報が頭に回ってパンクしそうになった。

「……ちょっと混乱して、アルブレヒト様？」

「はい」

「私は政略結婚でアルブレヒト様と結婚しなくてもよくて、アルブレヒト様は私の事が嫌いではないんですよね？」

「……ええ」

「じゃあ、とりあえず、肉体関係をお願いします」

真剣な顔でシルヴィアが言えば、アルブレヒトは物凄く微妙な顔になった。

だって、それしかないだろう。政略結婚がなくなって、でも嫌われていないのなら、今すぐにでも約束が欲しい。

「……シルヴィアお嬢様。少し頭の中で考えてから声に出しなさい」

「え？　だから、政略結婚じゃなくなったけど、アルブレヒト様は私と結婚したくない訳じゃないんですよね？」

いっそ、そのままにしておいて欲しかった。抑制力が少なかろうが、政略結婚しなければならない状態を壊さないで欲しかった。

決められた結末があるのなら安心して毎日を過ごせるが、違う結末があるのなら話は違うだろう。どうにかしてアルブレヒトとの結婚という結末に辿り着きたい。

「私は貴方のお父様と同じような年齢のおじさんですよ？」

「凄く大人っぽくて格好良いですよね」

「……だから、少しは脳で考えてから発言しなさい」

今まで抱っこしてくれていたのに、呆れた溜め息を吐いたアルブレヒトの腕からベッドに下ろされてしまった。

何がいけないのか解らない。

「私はずっとずっとアルブレヒト様が好きなんです。政略結婚でないなら、確実にアルブレヒト様と結婚できるような確約が欲しいです」

「……シルヴィアお嬢様」

「好きです。アルブレヒト様。結婚してください」

きっぱりと言い切れば盛大な溜め息に迎えられた。

本当に何がいけないのか解らない。当然なのに、当たり前なのに、シルヴィアの中では自然な事なのに、アルブレヒトは何を聞きたいのだろう。

「アルブレヒト様？」

「……本気、ですか？」

「え？」

ベッドに座らされたまま顔を上げてアルブレヒトを見れば、酷く真剣な瞳にあたった。ぞくりと、何かが背筋を走る。悪寒ではない。嫌な予感でもない。でも怖いような嬉しいような不思議な感覚が背を走り抜ける。

「本気で、私と結婚したいんですか？」

「はい」

「本気で、好きだと言うんですね？」

「はい。だって、ずっと好きで結婚したかったし」

素直に答えれば、アルブレヒトは薄く笑った。

にぃっと薄い唇の端を持ち上げ、ひどく酷薄そうな笑みを浮かべている。初めて見るアルブレヒトの笑みにシルヴィアは目を見開く。

「それで？　肉体関係を教えて欲しいと」

「……はい」

「純潔を私に捧げたら、もう後戻りはできないんですよ？」

冷たく笑うアルブレヒトが、シルヴィアの目の前に指を突き付けた。

怒っているのとも違う。呆れているのとも違う。なのに、どうして脅すように言うのか解らなくて、シルヴィアは眉を寄せながらアルブレヒトを睨む。

「アルブレヒト様が好きなんです……十二歳の時に、怪我させせて、好きとか言う資格ないと思うけど、好きなんです」

「……恥ずかしいですよ？」

「……恥ずかしくても」

アルブレヒトの指が、シルヴィアの頬を撫でた。

擽るように撫でる指は首に下りて、乗馬用のドレスの布地の上を這っていく。

「痛いですよ？」

「い、痛くても！」

鎖骨の辺りを突かれたと思ったら、シルヴィアの身体はベッドに倒されていた。

そんな力があったようには感じなかったのに、指一本で倒されてしまう。蠟燭の明かりからも暖炉の明かりからも遠いベッドでは、アルブレヒトの表情が解らなくてシルヴィアは潤む瞳を瞬《またた》いた。

「どんなに泣いても喚いても、叫んでも止めてもらえないんですよ？」

「ひっ……」

指が意地悪く、ゆっくりとシルヴィアの胸を撫でる。形を確かめるように動く指に、恥ずかしさと怖さで喉が引き攣《つ》る。

せめて知っているアルブレヒトならこんなに怖くなかっただろう。

いつもの、もしかしたらコレが本当のアルブレヒトなのかもしれないけど、自分の知っている笑みならば怖くなかった。

「震えてますね」

「いっ、意地悪しても！　アルが好きなのは変わらないっ」

「……コレ、でも？」

胸から離れた指がドレスの裾を摑む。膝まで捲られたと思ったら、掌がスカートの中に入り込んできた。

剣を槍を手綱を握る掌は硬い。

何度も肉刺《まめ》を潰して硬くなった皮膚《ひふ》は、柔らかいシルヴィアの内腿を撫でる。

「泣きそうな顔をして……」

「しっ、知らないから怖いけどっ、アルが好きなんだから我慢できるっ」

ゆっくりと残酷なぐらいゆっくりと、掌は這い上がってきてシルヴィアの足の付け根を撫でた。

そんなところを撫でられるとは思わなかったから、シルヴィアの身体は硬直する。

「ここを、私に見せるんですよ。触らせて、舐められて、痛い事されるんです」

肉体関係がどんなモノなのか、アルブレヒトの口から聞いてシルヴィアは唇を噛んだ。

クラウディアが詳しく教えてくれないはずだ。他の人達が詳しく話さない理由が解る。

自分の好きな人にそんなところを暴かれるなんて、怖いし恥ずかしいし泣き喚くと言った意味が解って震えた。

「……な、なに、してもいいです。我慢できます。アルが結婚してくれるなら」

泣いちゃ駄目だ。

泣いたらしてもらえない。

乗馬用のドレスだから、アンダードレスの他に緩いズボンのような下着を穿いていて良かったと思うけど、それでも陰部に手を当てられるとシルヴィアの目から涙が零れそうになった。

恥ずかしい。怖い。緊張し過ぎて吐きそうになる。

「ひゃっ⁉」

薄い布地の上から撫でられ、シルヴィアは思わず目を見開いた。

物凄く近いところにアルブレヒトがいる。鼻と鼻が触れそうな位置から顔を覗き込まれていて、今までとは違う恥ずかしさで心臓が跳ねる。

抱っこされている時もこのぐらいの近さでアルブレヒトの目を見られるけど、抱っこされている時は見つめられていないから、ドキドキした。

酷く冷たい雰囲気が恐ろしく似合う。

知らないアルブレヒトの空気に怯え、それでも見せてくれた違う表情になんでもいいとさえ思ってしまう。

凍えるような気配。射殺すような視線。意地の悪い笑み。

ばくばくと跳ねる心臓を押さえる。顔が赤くなるのが解る。さっきまで緊張で吐きそうだったのに、今も緊張しているけどアルブレヒトの視線一つで感覚が変わる。

「どうして胸を押さえているのかな？」

「……ど、どきどき、してるから」

「そう……どれどれ？」

意地悪く笑うアルブレヒトに腕を取られ、心臓の上に大きな手が置かれた。

胸と陰部に添えるだけの手に、シルヴィアは先の予感を感じて震える。痛い事があまり痛くないといいなと思うのは、嫌だとか駄目だとか止めてとか言いたくないからだ。

本当に本当に、アルブレヒトが好きだ。

解って欲しい。どうして解ってくれないのか。嫌いじゃないなら応えてくれたっていいじゃないか。

ほんの少しの好意でいい。

迷惑じゃないなら、傍に置いて欲しい。

「いっっ!?」

アルブレヒトの指先が、恐怖と緊張と初めて他人に触られて立ち上がった乳首を摘まみ上げた。

きゅっと布地の上から痛いぐらいに抓まれる。あまりに強く引っ張るから、無意識に胸を突き出してしまう。

「っく……ふぅっ、ぅっ」

目を閉じて全身で息をして、シルヴィアは痛みを散らそうと頑張った。

初めては痛いのだろう。だってクラウディアもベッドから起き上がれず失神してしまったと、慌てたレオンハルトが私達家族を呼びにきた。

だけど絶対に我慢できる。

あの嫋《たお》やかで貴婦人として優秀なクラウディアですら我慢できるのなら、乗馬も狩りもできる自分ができない訳がない。

「っっ!?」

でも陰部を揉むように意地悪されると、シルヴィアは歯を食いしばった。

ゆっくりと少し力の入った指が陰部を撫でていく。まだ胸も抓まれたままで、シルヴィアはどちらにも意識をもっていけずに混乱する。

「アルっ」

怖い。怖いから。混乱して怖くて怖くてアルブレヒトを探そうとして、鼻の頭にキスを落とされた。

近過ぎてアルブレヒトの顔が解らない。見つめ合っているのだろうけど、あまりに近いのとアメルハウザー城より暗い部屋の中では目が見えない。

途端に、怖くなった。

この手がアルブレヒトならばいい。でも違うのなら恐ろしくて堪らない。

「ア、アルっ、アルブレヒトさまっ」

物心ついた時からアルブレヒト一人だけだった。

最初は婚約者という事で傍にいるのが当たり前だと思っていたけど、婚約者といっても絶対じゃないと気付く。

今では婚約者ですらない。

せめて、せめて関係をもって教会に駆け込めば、教会の教えで結婚できるとシルヴィアは思っていた。

形振《なりふ》りなんて構っていられない。手を出してくれるなら、関係をもってくれるなら、それを使って何が悪いというのだろう。自分の身分の高さでアルブレヒトを脅すのではなく、せめて自分の身体に手を出して欲しい。

だから怖さを隠すように目を瞑り、アルブレヒトの名前を呼んだ。

「アルっ……アルっ……」

ふぅと、場違いな溜め息が降ってくる。スカートの中から手が抜かれて、あやすように腹をぽんと叩かれる。

恐る恐る目を開いたシルヴィアの視界に、アルブレヒトの困った顔があった。

「なんで、こんなおじさんを好きになってくれた？」

「最初から……ずっと……アルが好きだった……」

「馬鹿な子だね、シルヴィア」

初めて敬称なしで名を呼ばれて、シルヴィアは耐えていた何かを切られてしまった。

どっちが本当のアルブレヒトでもいい。

怖いアルブレヒトも、優しいアルブレヒトも、シルヴィアにとって好きな人に変わりはない。

「ずっと好きだって言ってたのにっ」

「ああ、泣かない。もっと酷い事がしたくなるよ」

今までのように優しく笑うアルブレヒトが、なんだか不穏な事を言ったような気がした。

ひくりと、顔が引き攣る。

「……意地悪なアルも好き、だけど」

「そう。それは光栄だ」

「……意地悪、するの、好きなの？」

決死の思いで聞いたのに、アルブレヒトは笑うだけで答えてはくれなかった。


「……クラウディアお義姉様」

「どうしました？　シルヴィア様？」

王国お抱えの騎士団の宿舎から、朝帰りという偉業を成し遂げたシルヴィアはアルブレヒトとの結婚を奪い取れた。

いや、奪い取ったというのだろうか。むしろ、アルブレヒトが奪い取ったのか。

宿舎から馬の二人乗りでアメルハウザー城に帰ってきて、シルヴィアを部屋で休ませている間に、どうやらアルブレヒトが話をしに行ったらしい。極上の笑顔で現国王と王妃である祖父母と、両親が駆けつけてきてシルヴィアは話の展開の早さについていけない。

でもアルブレヒトと結婚できるなら、シルヴィアはなんでも良かった。

それだけが人生の全てだったので、シルヴィアに何の文句もない。

恐ろしい早さでアメルハウザー城に夫婦の部屋を用意する両親を見ていると、やっぱり結婚に反対していたのはアルブレヒトだけだったんじゃないかと思えてくる。

レオンハルトとクラウディアの婚約期間中だというのに、婚約式の準備を物凄い早さで進めている祖父母を見ると、この結婚の障害はアルブレヒトだけだったんだと思えてくる。

「私、嫌な事に気付いてしまったんですけど」

「……も、もう、婚約式のドレスもできあがってますし、招待状も配っちゃった後ですよね？　え？　まさか、ヴェールは刺繍が良かったとか⁉」

シルヴィアにとって凄い嬉しい事なのに、世の中はそんなに甘くなかった。

アルブレヒトがアメルハウザー城に住むとなると、どうやら騎士団の方が色々と大変らしい。その処理や移動や後任の仕事でアルブレヒトと過ごす時間が少ない。

「そうじゃなくて……私、アルに好きって言われてない、かも？」

「え？」

自分の部屋よりも広い夫婦の部屋に一人で寝るのも嫌だから、シルヴィアは自分の部屋で寝起きしていた。

寂しいと詰りたい気持ちはあるが、すぐに婚約式だしと自分に言い聞かせる。

もっと一緒にいて欲しいと思うけど、結婚できるんだからと納得しようとする。

そんな不安な気持ちでいれば、気付かなければ良かったと思う事に気付いてしまった。

「嫌いとは言ってないって言われたけど……好きって言われてない？」

「え？」

「うわ、どうしよう……クラウディアお義姉様《ねえ》っ」

しかも結婚したいとも言われていない。

好きという言葉を受け入れてもらえたけど、結婚したいという言葉も受け入れてもらえたけど、アルブレヒトの意思を聞いた事はない。

「ど、同情だったら、どうしよう……」

「シルヴィア様……シルヴィア様のそれは、その、本当のマリッジブルーじゃないかなって、私、思うんです」

「私に押されただけだったら、どうしよう」

「落ち着いて、落ち着いて、シルヴィア様っ」

これは問い詰めてもいいのだろうかと、シルヴィアは真剣な目でクラウディアを見つめた。

確か、明後日ぐらいからアメルハウザー城で寝泊まりできると聞いている。婚約式までの一週間は一緒にいられると言われている。

そんな微妙な時期に、こんな大事な事を聞いてもいいだろうか。

まさか結婚撤回なんて事にはならないと思うけど、もしも撤回なんて事になったら死ねると思う。

「き、聞いて、婚約式が駄目になったら……」

「ならないですって、ならないならない」

「自決するぐらいなら旅に出た方がいいでしょうか？」

「待って待って！　貴婦人が自決は戦いでも有り得ませんからっ」

物凄い爆弾を抱えてしまったと、シルヴィアは青くなった。

どうしよう。本当に同情だったらどうしよう。でも同情でも結婚してしまえば夫婦だし、夫婦になって子供を作ってしまえば教会が離婚を認めないだろう。

それか。それしかないのか。

思い詰めた顔をすればクラウディアに頭を撫でられた。

「本当に落ち着いてください。あの宿舎に行ってから、アルブレヒト様とほとんどお会いしていないでしょう？　それで不安になっているだけですよ」

「クラウディアお義姉様……」

「私なんて、アルブレヒト様を見たのが……先週のパーティーが最後ですもの。婚約式前にそれでは不安にもなります」

まだ宿舎に行く前に賭けたカードの勝負で、本来なら先週のパーティーはアルブレヒトは欠席のはずだった。

それでも顔を出してくれたのは自分の為だと解っている。本当に忙しいらしく目の下に隈《くま》ができていたのも知っている。

「もうそろそろ、アルブレヒト様も落ち着くんでしょう？」

「明後日……ぐらいから、一緒に住めるって言ってたけど」

「じゃぁ、その時の為に色々と考えましょう？　えっと、何があっても私はなるべくできるだけ朝にお部屋には行きませんからっ」

慌てるクラウディアにシルヴィアは少し心が軽くなった。

第四章　溺れるほどの快感に

どうしよう。

幸せ過ぎて怖い。

「……アル？」

「…………」

夕飯も終わるという時に父からアルブレヒトが来ると言われた。

今日から夫婦の寝室を使いなさいと言われて、なんだか凄く怖くなる。ようやくアルブレヒトと二人の時間を過ごせるのだと思えば嬉しいのに、好きとか結婚したいとか言われてないと思えば不安だった。

でも、どきどきしながら夫婦の部屋で待っていれば疲れた顔をしたアルブレヒトが部屋に来る。

ソファで大人しく待っていたけど、アルブレヒトの姿を見れば我慢できずに駆け寄って飛び付いてしまった。

それからずっとアルブレヒトの膝の上に座っているのだが、どういう事だろう。

ソファに寝るように沈んだアルブレヒトの膝の上に座って胸に顔を埋めているのだが、どうしてこうなっているのかシルヴィアには解らない。

「疲れてるならベッドで寝た方がいいと思うんですけど」

「うん」

「アル？　ソファじゃなくてベッド」

自分が膝の上というか、アルブレヒトの上に布団のように乗っていてはいけないと思うのだが、シルヴィアには退く勇気はなかった。

なんか物凄くどきどきする。心臓が壊れそうな気さえする。

こんな甘い恋人同士のような時間をアルブレヒトと過ごした事があっただろうか。

いや、ない。悲しいぐらいに即答できるけど、ない。生まれた時からの婚約者なのに、気配すら微塵《みじん》も欠片《かけら》もない。

こんなこんなと、シルヴィアはアルブレヒトの上でゴロゴロした。

「落ちないようにね」

「はい！」

緩く添えられているだけの腕は、シルヴィアがアルブレヒトの上から落ちそうになると軌道修正してくれる。右を向いて左を向いて、寝返りを打ってアルブレヒトの鎖骨辺りに額を擦り付ける。

ほんのりとアルブレヒトの匂いがして、シルヴィアは頬を赤く染めた。

どきどきで死んじゃうかもしれない。凄い凄い幸せだけど、幸せ過ぎて怖い。

なんて考えていたら、嫌な事を思い出した。

「…………アル」

「うん」

「…………アル」

ごろりとうつ伏せに寝ていた身体を少し上げて、シルヴィアはアルブレヒトの顔を覗き込む。

これは聞いていいのだろうか。聞いても大丈夫なのだろうか。もしも聞かない方がいいのなら聞かなくてもいい。

だって後少しすれば婚約式を挙げられる。聞いて婚約式を破棄《はき》されるぐらいなら聞かない方がいいのかもしれない。

「……ううう」

「うん」

身体を心配して言葉をかけた時と唸《うな》った時で、同じ返事をされるとは思わなかった。

もしかして本気で疲れているのだろうか。そっとアルブレヒトを見つめれば目の下の隈《くま》は濃くなっていて、ちょっと怖くなって手を伸ばす。

「目の下の隈、凄いんですけど？」

「うん」

「もう！　アル！　ベッドに行きましょう！」

起き上がったシルヴィアは、アルブレヒトの腹辺りに跨《また》がって胸に手を置いた。

手を差し伸べてもアルブレヒトは起き上がる気配がない。背中に添えられていた手は腰の辺りにあって、ゆったりと微笑《ほほえ》んでいる。

「アール」

「うん」

起き上がらないアルブレヒトに焦《じ》れたシルヴィアは、だらりと投げ出されている腕を掴んで身体を揺らした。

自分から下りるという選択肢はない。アルブレヒトの上から退くのは、アルブレヒトに退けと言われたらと思っている。

でもさすがにまずいだろうか。あまり顔色も良くないし、疲れているなら早くベッドで休んだ方がいいと思う。

「ねぇ、ベッド。ベッド行きましょ」

「………………」

「ね？」

ゆらゆら揺れて腕を引っ張って、アルブレヒトに微笑めば凄く嫌な笑みが返ってきた。ぞくりと背筋に悪寒が走る。嫌な笑みはシルヴィアの警鐘《けいしょう》を鳴らすけど、相手がアルブレヒトだと警鐘が鳴っても別にいいかと放置してしまう。

「アル？　ベッド……」

「いやらしいね、ベッドに行きたいの？」

「え？　えっと、うん」

添えられているだけだったアルブレヒトの手が、別の意図をもってシルヴィアの腰を撫でた。

ひくんとシルヴィアの身体が揺れる。なんか急に空気が変わった気がして、シルヴィアは恐る恐るアルブレヒトの顔を見る。

「ア、アル？」

「疲れているおじさんを誘うなんて、悪い子だねぇ」

にぃっと薄い唇の端が持ち上がって嫌な笑みを作った。

まずい。嵌《は》められた。誘導されたのか、罠《わな》に嵌まった。

あわあわとアルブレヒトの腹の上に跨《また》がったまま慌てていれば、恐ろしいぐらいにゆっくりと起き上がるから怖くなる。

でも逃げる前にというか、逃げられる訳もなく捕まって、シルヴィアはいつものようにアルブレヒトに抱き上げられた。

「そ、そういうんじゃなくって！」

「今日は我慢してあげないから、たくさん泣いていいよ」

にこにこと機嫌良く笑っているアルブレヒトにシルヴィアはどうしていいか解らない。

でもベッドに身体を下ろされると、途端に現実が襲ってきた。

楽しそうに笑うアルブレヒトは、あの時と違う。アメルハウザー城に用意された夫婦の部屋は沢山の蠟燭の明かりと暖炉の明かりで、あの時よりも表情が見える。

「……す、するの？」

「ご褒美くれてもいいんじゃないかな？　この休みを作るのに、凄い頑張ったんだけど」

目の下に隈を作りながら幸せそうに笑うアルブレヒトに、シルヴィアの胸がきゅうっと締め付けられた。

アルブレヒトがどれだけ頑張ったのか、詳細なんか知らないけど顔を見れば解る。騎士なのに身嗜《みだしな》みに煩《うるさ》いとレオンハルトが言うぐらいしっかりしているはずなのに、少し草臥《くたび》れた感じが酷く色っぽい。

「……ご褒美、とか……アル、えっちぃ」

「男はイヤラシイ生き物ですよ」

仰向けに寝たシルヴィアはアルブレヒトに腕を伸ばした。

覆い被さってくるアルブレヒトが笑いながらシルヴィアの唇にキスをする。啄《ついば》むような軽いキスが擽ったくって、首を振って逃れようとするとべろりと舐《な》められる。

「アル……アルブレヒトさま……」

「少し口を開けて、舌を出して……」

言われた通りに口を開けて舌を出せば、目の前でアルブレヒトに食べられてしまった。

ちゅるっとアルブレヒトの口の中に自分の舌が消えていく。まるでとろとろに煮込んだイチゴを食べるみたいに、舌と口蓋《こうがい》で柔らかく潰されていく。

知らない感覚に、シルヴィアの心臓がドキリと跳ねた。

擽ったいのか、痒《かゆ》いのか。痛くはない。痛いのは心臓だ。

「んんっ……」

「……鼻で息をして……そう……」

何度も何度も唇を離してアルブレヒトが教えてくれる。少しでも苦しくなれば唇を離されて、宥《なだ》めるように頬を撫でてくれる。

本当のキスは頭の中が熱くなるのだと、シルヴィアは知った。

唇を合わせれば解る。アルブレヒトの薄い唇と薄い舌と比べたら、自分は口も舌も小さいのだと解る。

舌を噛まれて飲み込まれて、口蓋や頬の内側を擽られると全身に鳥肌が立った。

「んぅっ……んん……」

どうしよう。なんだか唇も口の中も腫《は》れぼったく感じる。飲み込めない唾液《だえき》が零れて肌を擽るだけで叫びたくなる。

溺れる。

キスをしているのはアルブレヒトだから、溺れてもいいのだとシルヴィアは酷く近くにある身体に縋った。

どきどきする。じりじりする。体温が上がったのが解って、頭の中がぼーっとするから何をしているのか不思議になる。

食べられちゃうかもしれない。食べられているのか、アルブレヒトに。食べてくれるなら嬉しいと、シルヴィアはアルブレヒトの頭を掻き抱いた。

「んっ……ふぁ……」

「可愛い顔して……キスは気に入った？」

「……ん、なんか、くちの、なか……しびれてる」

ぽやんとしたまま言えば、アルブレヒトは苦笑している。硬い親指の腹が濡れている唇を拭ってくれるだけで、シルヴィアは身体を震わせた。

なんだろう。自分の身に何が起きているのか解らない。

だってコレはアレだろう。騎士団の宿舎に行った時に教わろうとしていた肉体関係というやつだろう。

「……シルヴィア……もう一回、舌を出して」

「ん……」

怖くて痛くて辛いはずなのにと、とろんと蕩《とろ》けた頭では上手く考えられなかった。

舌まで腫れているのか、柔らかく噛まれると痺《しび》れていく。さっきと同じように口の中を弄られて、何かを食べる以外で口の中に何かを入れるとむず痒くなると教えられる。

しかも今回は頬を頭を耳を撫でるだけではなく、全身を擽るように触ってくるアルブレヒトにシルヴィアは眉を寄せた。

「んんっ、ふっ、んーっ」

さわさわと色々なところを触られるから、口の中の舌を噛みそうで怖い。頑張って口を開けたままにしていれば、アルブレヒトの舌がシルヴィアの舌を擽る。

さっきまで順調に鼻で息もできていたのに、それすら危うくなってシルヴィアはむずがる子供のように身を捩《よじ》った。

アルブレヒトの背を項《うなじ》を頭を引っかく。触るのを止めて欲しいと言いたいのに唇が離れないから、ぽかぽかと叩いてみるけど反対に舌をじゅっと吸われてしまう。

「んぅ、んーっ、んーっ！　ふぁっ！」

苦しくなって唇が離れた途端に息を吸い込めば、やけに寒くてシルヴィアは自分の置かれた状況を知った。

どうして裸なんだろう。

むしろ、一体いつどうやって脱がしたんだろう。

「あ、ある？」

「うん」

アンダードレスまで脱がされていて、シルヴィアの身に残っているのは腿まである靴下と靴下留めのベルトだけだった。

思わず呆然としてしまうが、一気に恥ずかしさが湧き上がってくる。慌てて身体を隠そうとして身を捩るけど、笑いながら見てくるアルブレヒトが掌一つで止める。

「隠さない」

「だ、だって……恥ずかしいし」

胸が小さいのはシルヴィアの悩みの一つだった。

まだ子供のような身体だから恥ずかしくなる。じっと見てくるから居た堪れなくて、掌から逃げるように身を捩る。アルブレヒトから胸が見えないようにうつ伏せになり、シーツに顔を埋めて首を振る。

「隠してると……無理矢理、触っちゃうよ？」

「ひゃうっっ⁉」

シーツと胸の合間に両脇から掌が入って、シルヴィアはどうしていいか解らなくなった。

逃げればアルブレヒトの胸の中だし、シーツに沈むようにすれば掌に胸を押し付ける事になる。

しかもアルブレヒトは笑い声を隠さないで、シルヴィアの真っ赤に染まった項を舐めていた。

「アルっ、あっ、んんっ」

シーツに押し付けられて窮屈《きゅうくつ》だろうに、アルブレヒトの手は器用に動く。恥ずかしくて擽ったくて、それだけの感覚が項を舐める舌に変えられる。

髪を息で吹いて退け、囓《かじ》り舐める舌にぞくぞくとした何かを感じた。

アルブレヒトは何をしているのだろうか。背中なんて舐めたって楽しくない。なのに肩胛骨を囓ったり背骨に沿って舐めたり、背中を弄りながら胸を弄っている。

「あ、あぅっ……あっ」

体温が上がって肌が汗ばむのが解った。

弄られた乳首は立ち上がり、シーツに擦れてむず痒い刺激を生む。背中を囓るアルブレヒトは機嫌がいいのか、楽しそうに笑いながら肌を食《は》んでいる。

なんで。どうして。背中なんて囓られてこんな熱くなるのはおかしい気がする。

「アル、アルっ」

不安になっていれば身体を持ち上げられ、気付けばアルブレヒトの膝の上に座っているような体勢になっていた。

背にアルブレヒトの体温を感じる。いつの間に脱いだのだろうか。素肌が触れあう感触に心が落ち着く。

ほぅと息を吐いて頭を後ろにいるアルブレヒトに擦り付けてから、自分がとんでもない格好をしていた事に気付いた。

「ぅわわわっ」

「……仕方がない。最初は隠していていいよ」

「ううう……ごめんなさい……」

苦笑しながら言うアルブレヒトに、シルヴィアは思わず謝ってしまう。

でも今は謝るところだっただろうか。薄いシーツで身体を隠したシルヴィアは首を傾げる。

背中に感じる感触から、アルブレヒトは上は脱いでいるけど下は脱いでいない。なのに自分は腿まである靴下と靴下留めのベルトしかない。

ちょっと不公平じゃないだろうかと、振り向いて文句を言おうとして失敗した。

「きゃぁあっ!?」

「ん？　胸は隠さなくていいのかな？」

「わわわかってて……アルっ、ちょっ」

脚の付け根をやわりと撫でられる。慌ててアルブレヒトの腕を掴んだから、胸まで隠していたシーツがはらりと落ちる。

まずい。きっとまずいと思う。

だって肩に顎《あご》を乗せるようにアルブレヒトが背中から伸《の》しかかってくる。両手が脚の付け根を撫でていて、だからアルブレヒトの腕の中から逃げられない。

「アルっ、あ、きゃっ」

「ほら、怖くないから……力を抜いて私に凭《もた》れかかっていなさい」

「だっ、だって」

騎士として生きるアルブレヒトの掌は硬くて、柔らかい内腿を撫でられるとゾクリとした感覚が背中を走った。

どうしよう。キスで上がった体温が思い出される。シーツで隠れて見えないけど、アルブレヒトの手がイヤラシイ事をしているのが動く皺《しわ》で解る。

「あっ、や、アルっ、待ってっ」

「もう待たないって言ったよね」

手はアルブレヒトの手を止めるのに使っているから、必死に脚を動かしたら脚に止められてしまった。

もぞもぞしていたのがいけなかったのだろう。アルブレヒトの脚が器用に動き、膝の裏をかいくぐって脚を広げられる。そのままアルブレヒトが膝を立ててしまうと、シルヴィアの脚の長さではどうやっても脚を閉じる事ができなかった。

脚を上げてアルブレヒトの膝を越えようとしても無理で、力を入れて脚を閉じようとしても敵う訳がない。

なんだか酷く淫《みだ》らな格好にされている気がするけど、薄いシーツで見えないからシルヴィアは泣き出さずにすんだ。

「あ、アル、アル？」

「まだ腰も細いし身体も小さいから……ゆっくり慣らしてあげるよ」

「え？　きゃぁあっっ!?」

開いた脚の隙間を指が撫でる。ただ撫でるだけなのに恥ずかしくて全身が赤くなる。

大きく開かされた脚のせいで、閉じている割れ目も開くから指を拒《こば》めなかった。

「あっ、ひぅっ……」

上下に撫でている指が肉に埋もれた突起を探る。爪でかしかしと引っかかれると身体が跳ねて、シーツの中が熱く籠《こ》もっていくのが解る。

恥ずかしい。恥ずかしい。しかもなんか濡れているような気がして、シルヴィアはアルブレヒトの腕を引っかいた。

「アルっ、な、なんか、やだっ、おとっ」

「音?」

「ぬ、濡れてるっ」

泣きそうになりながら言えば首筋にキスをくれる。優しいキスだと思っていたのに、唇は耳を食んで小さく笑う。

「大丈夫……もっといっぱい濡れないとね」

「も、もっと? あっ」

「うん……もっと……」

弄られていた突起が熱を持ち、蜜口の入り口を撫でていた手が淫猥《いんわい》な音を立てた。

腫れて弄りやすくなったのか、それともどうなっているのか。突起を弄る指は優しいのに容赦がない。蜜口を弄る指も浅いところを掻き混ぜているけど、少しでもシルヴィアの身体が跳ねた箇所を執拗《しつよう》に弄っていた。

「ふぁっ、あっ、ぅあっっ」

ひくひくと身体も痙攣《けいれん》して喉が喘ぐ。熱い。気持ちイイ。痒いような痺れるような、不快で不思議な感覚がシルヴィアを襲う。

「アルっ……アルっ、アルっ」

「ここにいるから安心しなさい……」

耳元で囁かれる声に、シルヴィアの意識がとろりと溶けた。

くちゅりと嫌な音が耳に残る。突起は指の腹で弄られると腰が揺れるのに、ふくりと腫れてしまったせいで抓まれてぐりぐりされると痙攣する。その度に水音は酷くなり、息が上がって身体が熱くて頭の中がぐんにゃりとなる。

「ふぁ……あっ、それっ、やぁあっ」

いつまで弄るのだろう。いつまで弄られたままなのだろう。どのぐらい弄られているのだろうか。

走っている時みたいに酸欠で頭がくらくらする。

もうアルブレヒトの腕に爪を立てる余裕も体力もなくて、シルヴィアは背に身体を預けて喘ぐしかできなかった。

「んんっ、アル……」

「うん……そのまま、力を抜いててね」

優しい腕がそっとシルヴィアの身体を倒す。仰向けに倒されて、背に当たる冷たいシーツが気持ち良い。

でも、脚の付け根を摑まれ、信じられない感触にシルヴィアは目を見開いた。

「えっ!? うそっ、うそっ、やだぁっ！」

「……こら、暴れないの」

「ひっっ!?」

ちゅうっと腫れて熱を持っている突起を吸われる。まだ柔らかい皮に半分埋もれているような突起は、アルブレヒトの舌と唇と歯で剝《む》かれてしまう。

嘘だ。そんなの。だって汚い。舐めるなんて。駄目だ。

あまりな事にシルヴィアは硬直する。アルブレヒトを摑む事も、シーツを摑む事も、何もできないで呆然としてしまう。

「やぁあっっ!?」

ぬるりと、何かが身体の中に、入ってきた。

柔らかくてぬるぬるして芯《しん》がある何かが身体の中に入り込む。痛くない。痛くないから怖い。

だって何をされているのか知りたくないから、シルヴィアは目を硬く瞑《つむ》って震えた。

「いっ、ぃあっ、あっ！」

ぬくぬくと何かが蜜口を広げるように動いている。

そんな事はしなくていい。痛くないのはおかしいだろう。酷く奥まで広げられているような気がして、シルヴィアは涙を飛ばすように頭を振った。

嫌だ。駄目。だって。そんなの。怖くて泣いているのに気持ち良くて、届かない奥の方がじくりと疼く。

「やっ、やっ、だめっ、やだぁっ！」

とろりと蜜液が零れていくのが解って、指で突起を弄られると全身が硬直した。

どうしよう。どうしよう。何が起きたのか解らない。頭の中が真っ白になって、身体が言う事を聞かずにばくりと跳ねる。

ひくひくと痙攣していると脚の間からアルブレヒトが顔を上げて、泣いているシルヴィアの頬を撫でてくれた。

「イっちゃった?」

「……ぅえ?　わ、わかんなっ」

「いいよ、解らなくても……全部、私が教えてあげるから」

頬に額に鼻の頭に、優しいキスを落としたアルブレヒトはシルヴィアの膝の裏を摑む。

まだ何かあるのか。これ以上、何をされるのか。不安と期待と混乱が混じった瞳でアルブレヒトを見れば苦笑された。

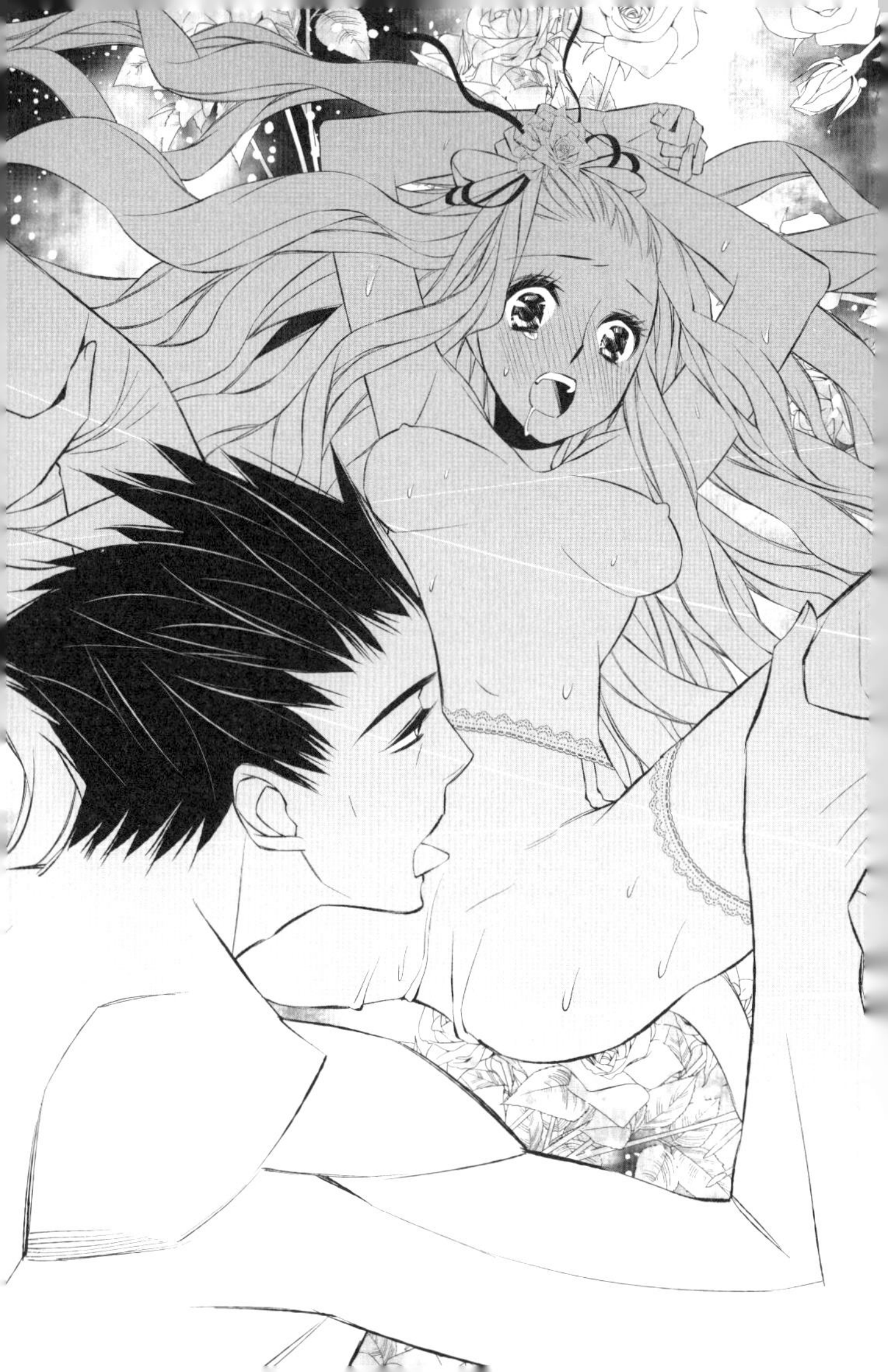

「次は、痛いかな……ごめんね」

「い、たくて……いい……なに？」

震える手を伸ばしてアルブレヒトの頬に触れる。そんなに痛そうな顔をしなくてもいいのに、アルブレヒトがくれるモノなら何でもいいのにと、シルヴィアはふにゃりと笑う。

「ここに……」

「ひっ！　あっあっ」

「これ、入れるんだよ」

熱い何かに触らされて、シルヴィアは手元を見てしまった。

無理だろう。それは無理に決まっている。

でも入れたらアルブレヒトと繋がれるのだと眉尻を下げる。

「シルヴィア……」

「あ、アル……あ、あっ」

舐めて溶かされて広げられた蜜口に、熱いアルブレヒトの性器が当たった。

くちゅっと恥ずかしい音がする。あんなに大きなモノが入るとは思わないし怖いけど、
アルブレヒトに名を呼ばれると意識が逸《そ》れる。

「シルヴィア」

「いいっっ、あぁっ！」

痛い。熱い。開かれる。裂ける。怖い。

だけど痛みで身体が硬直するとアルブレヒトは胸を舐めたり突起を撫でたりした。

頭の中が真っ白になる。痛みで。でも涙に揺れた視界の中に苦しそうなアルブレヒトがいるから、シルヴィアはどうしていいか解らなくなる。

「あ、あるっ、ぃあっっ⁉」

「……っく」

身体の中で、ぶつりと何かが千切《ちぎ》れる音がした。

涙がぼろぼろ流れ出す。身体も痛みに硬直して、はくはくと口で必死に息をする。

「シルヴィア……シルヴィア、大丈夫か？」

「い、いたぃ、あるぅ……」

「ああ、痛いな……ごめんね。でもこれでシルヴィアは私の奥さんだ」

涙を優しくキスで拭《ぬぐ》われ、シルヴィアはアルブレヒトの声を必死に聞いた。

じわりと胸が暖かくなる。ようやく、これで本当に、自分はアルブレヒトと結婚できるのだと思えば痛みすら嬉しい。

「ほ、んと？」

「ほんと」

「……うれしぃ」

重い痛みに耐えながら、ほにょりと笑えばアルブレヒトが苦く笑った。

まるで壊れ物を扱うように、優しく優しくアルブレヒトの腕がシルヴィアの背に回る。

ぎゅうっと強く抱き締めてくれるから安心できて、シルヴィアは痛みで上がっていた息を整えられる。

「ある……おわり？」

純粋に単純に疑問を口に出しただけだったが、アルブレヒトの抱き締める腕が余計に強くなった。

だって、恥ずかしくて、触らせて、舐められて、痛い事をされた。

見られるのは恥ずかしくて、あんなところを触られて舐められて、今は少し大丈夫になったけど酷く痛い。

だからこれで終わりだと思っていたけど、顔を上げたアルブレヒトが辛そうな顔をしているからシルヴィアは間違ったのかもしれないと眉を下げる。

「……お、わりじゃ、ないの？」

「……これで終わりだと、少しキツイね」

アルブレヒトの掠《かす》れた声にシルヴィアの身体がひくりと揺れた。

この声は初めてだ。こんなアルブレヒトの声は聞いた事がない。どきどきと心臓が煩《うるさ》くなって、肌がひりひりと熱くなるのが解る。

「うん？　シルヴィアは何に感じたのかな」

小さく笑うアルブレヒトの声と揺れる身体のせいで、自分が感じているのだと気付かされた。

意地悪く笑うアルブレヒトは掌をシルヴィアの胸に這わす。さっき弄られて尖《とが》ったままの乳首を指の腹で撫でられると、快楽なのか緊張なのか羞恥なのか解らない何かが身体を硬直させる。

それは、まずい。

だって身体が硬直すると、身体の中にいるアルブレヒトの存在も締め付けていた。

「……だ、だめ……ある……」

「なにが？」

「いじわる、しないで……あっ」

やわりと小さな胸を揉まれてシルヴィアは身を捩る。大きな手が自分の胸を覆っている様を見ると、恥ずかしくて居た堪れない。

でている。


「だめ、だめっ」

尖っている乳首を抓まれて、少しだけ強く弄られると腰が揺れた。笑っているアルブレヒトは解っているのだろう。だって抓まれて腫れた乳首を優しく撫でている。


「ひっ……あ、あるっ、だめぇっ」

「……可愛いねぇ、肌が綺麗な色になってきた」

ふくりと膨らんだ乳輪ごとアルブレヒトの口の中に消えていって、シルヴィアは慌てて
摑んだ項に爪を立てた。

ちゅうっと、胸を飲み込まれてしまう。尖った乳首は嚙られて、食べられてしまうとシ
ルヴィアの肌が粟立つ。

どうしよう。体温が上がる。熱い。汗が噴き出す。

「やっ、やぁっ、だめ、だめっ」

くちゅくちゅと胸を食べているアルブレヒトは止めてくれないから、ブルネットの髪を
掻き乱しながらシルヴィアは泣いた。

腰が、揺れる。

まだ痛いのに、引き攣れるような鈍い痛みがあるのに、どうしてか下肢がじりじりと熱

をもってくる。

怖い。だって。そんなの駄目だ。

必死に頭を振っていればアルブレヒトは胸から顔を上げ、シルヴィアの目元にキスを落とした。

「もう、痛くない？」

「わ、わかんない、わかんないけどっ、やぁあっっ⁉」

ずるりと、身体の中から何かが出ていく。ほんの少しの動きだったのに、内臓まで引っ張られたような気がして鳥肌が立つ。

「だめっ、だめぇっ！　ある、あるっ、ぬいちゃだめっ」

「うん？　抜いちゃ、駄目なの？」

「きゃぁあぅっ、あっ、あっ」

今度はゆっくりと中に入ってきて、奥の奥をこつりと叩かれた。

目の前がちかちかする。息をするのが難しいなんて怖くて、何かに縋りたいからアルブレヒトの背に腕を回す。

「うぁっ、あっ、やぁあっ」

「……ああ、上手、だよ」

何を言っているのか解らないけどアルブレヒトの掠《かす》れた声が耳に入り込んで、シルヴィアの意識を犯した。

腰が無意識に揺れるのを止められない。いっぱいいっぱいに広がっている蜜口から何かが零れるのが解って、ぞわりとした悪寒と快楽が一緒に迫《せ》り上がってくる。

駄目。止めて。奥ばっかり。怖い。

自分でも何を言っているのか解らなくなったシルヴィアは、動くアルブレヒトの腰を止めようと脚で挟んだ。

「やぁあっ、あっ、やだっ、やぁっ！」

「……こっちも弄ってあげるから、少し我慢しなさいっ」

「ひぃっつ⁉」

散々舐められて腫れている突起を指で抓まれる。こりこりと指の腹を擦り合わせるような動きで弄られ、意識が逸れた瞬間にアルブレヒトが動く。

「いやぁあっっ！　あっ！　やだやだっ！」

激しい抽挿《ちゅうそう》と、敏感な突起を弄られ、頭の中が真っ白になった。

もう何がなんだか解らない。ばちばちと目の前で火花が飛んでいるし、身体は勝手に痙攣している。

痛いのかも、しれない。

快楽に落ちたのかも、しれない。

過ぎた刺激は衝撃でしかなく、シルヴィアはアルブレヒトに揺すられ喘いだ。

「あるっ、あっ、あるぅっ！」

「……っく……うん、ほら、ぎゅってしてあげる、からっ」

「ぃあっ、あっ、あぁっ！」

きゅうっと抱き締められて最奥を突かれる。

身体の中にいるアルブレヒトが膨らんだような気もしたし、震えたような気もする。

ただ解ったのは腹の中が熱く濡れた感触で、酷く甘く掠れたアルブレヒトの声にシルヴィアは痙攣するように震えた。

第五章　濃厚♥蜜月ライフ

初めて馬に乗った時とか、初めて弓を習った時とか、そんな筋肉痛がシルヴィアの全身を襲っている。関節という関節がガタガタしているし、全身の色々な何かが搾り取られたような気さえする。

肉体関係って怖い。

シルヴィアはアルブレヒトの本気を教えられて、朝だというのに息も絶え絶えだった。

「おはよう、シルヴィア」

「お、はようございま、アル、元気ね」

本当は目を覚ましたくなかったのに目を覚ます羽目になったのは、アルブレヒトが部屋の中に湯船を用意していたからだと気付く。

一体どれだけの時間、寝たのだろう。

数時間も寝ていないと解るのは、身体の不調と甘く痺れたままの身体のせいだ。なのにガウンを羽織っただけのアルブレヒトが湯浴みの用意をしていた。

おかしい。確かアルブレヒトは自分よりも二十三歳も年上のはずだ。どうして自分がベッドに沈んでいるのに、アルブレヒトは湯船を用意するだけの元気があるのだろうか。何か間違っているのではないのだろうか。おかしいに決まっている。

湯船を運んでいる体力も信じられないし、湯の入った瓶《かめ》を用意している体力も信じられない。

むしろそれは使用人がやる事だと、シルヴィアは絞り出すように声を出した。

「なんで、おふろ？」

「身体がべとべとで気持ち悪いでしょう。綺麗にしてあげるよ」

違う。何か違う。自分が欲しい答えじゃないと、シルヴィアは寝たまま首を傾げる。

もちろんアルブレヒトの言う通り、身体がべとべとしているから風呂に入れるのは嬉しい。でも違う。

「……アメルハウザーの城、に、大きなお風呂、あるの、知ってますよね？」

「ん？　ああ、知っているよ」

「そこなら、使用人に、言えば……」

どばばばっと、湯船に湯を注いだのか凄い音がして言葉を消された。

そういえば昔々、あの湯船に湯を注ぐのが面白そうで使用人に言って湯の入った瓶を持たせてもらった事がある。持ち上げるどころの話じゃなかったと、軽々瓶を持ち上げるアルブレヒトに惚れ直してしまう。

「アル？」

「ようやくね、婚約式まで時間を作れたんだよ」

「……はい」

忙しそうにしていたのは知っているから、シルヴィアは素直に頷いた。

だって自分だって我慢したのだと、シルヴィアは心の中で思う。アルブレヒトは忙しいのだから我慢しなきゃいけないと思っていたから、寂しくて不安になった。

もしかして結婚が嫌だったらどうしよう。だってまだ好きとか結婚したいとか言われていない。そんな事を考えるぐらいにはシルヴィアも寂しくて不安だった。

「仕事割り振って、従騎士や見習いの面倒を見る人を探して」

「……はい」

そういえば、まだ聞けてない。

アルブレヒトに好きだと言ってもらってないとか、結婚したいとか言ってもらってないとか、色々と色々されてしまったせいで聞くのを忘れていた。

「それもこれも全部、シルヴィアと一緒にいる為の時間だ」

「……はい？」

まずは、自分の事を好きなのかを聞いて。それから、結婚したいのかを聞いて。

今度こそ忘れずに聞かなきゃいけないと思いながらシルヴィアが頭の中で順番を考えていたのに、アルブレヒトの一言で順番はパーンと消し飛ぶ。

「我慢しないって言ったよね」

「……え？」

「こんな可愛い顔したシルヴィアを誰かに見せるのは勿体ない」

「…………………え？」

なんだか凄い事を言われたような気がして、シルヴィアは聞かなきゃいけない事をまたしても忘れた。

だってアルブレヒトは笑っている。物凄くイイ顔で笑っている。

アルブレヒトが笑ってくれるだけで嬉しいけど、その笑みはヤバイとシルヴィアは身をもって知っていた。

「ア、アル？」

「うん」

まだ全身が痺れているような気がするのに、いきなり布団を剝ぐから身を捩るしかできない。それすらアルブレヒトの手一本で押さえられ、太陽の明かりが満ちる部屋で全てを見られてしまう。

恥ずかしい恥ずかしい、むしろ恥ずかしい。

全身を真っ赤にしてアルブレヒトを睨めば、薄い唇が酷薄そうに笑った。

「可愛い可愛い、私だけのシルヴィア……泣いて目元が赤くなっているよ」

「……えっと、アル？　アル？」

「服を着る暇はないと思いなさい。ようやく手に入れたんだからね」

「……ア、アルブレヒト、さま？　な、なにを言い出してんですか？」

「本当は閉じ込めて私だけを見て欲しいんだけどねぇ」

「す、凄いイイ笑顔で、なに言ってるの？」

あまりに恥ずかしくて居た堪れなくてあわあわしているのに、アルブレヒトはシルヴィアの必死の突っ込みすら聞いてくれない。

どうしよう。何が起きているのか。もしかしてアルブレヒトは変な物でも食べてしまったのではないだろうか。いや、アルブレヒトに限ってそれはないから、そうか夢だ。夢に違いない。これは夢の中か。きっとそうだ。そうに違いない。

色々と精一杯になったシルヴィアが結論を出せば、楽しそうなアルブレヒトは指先を赤くなった肌に滑らせた。

「アルっっ!」

指先が昨日つけた赤い痕を辿っていく。赤い痕は吸われたり囓られたりした痕だけど、シルヴィアが泣いて気持ちイイと言った場所だ。

今から思えばアルブレヒトは酷く禁欲的だったと、シルヴィアは赤く染まる思考の中で考える。

だってアルブレヒトは欲を見せた事がない。

自分に向けて欲の籠もった目をした事がない。

「ああ、ほら……私のが零れている」

少しだけ開かされた脚の合間を見て、アルブレヒトは極悪な笑みを浮かべた。

なんだそれは。それは。どこに隠していた。そのイヤラシイ顔と笑みと空気と気配と雰囲気はどこに隠していたのか。

全身を真っ赤に染めてシルヴィアは脚を閉じようとする。太陽の明かりで見て欲しい場所じゃない。見ちゃいけないだろう。

「アルっ」

「可愛いね、まだ真っ赤のままだよ」

「そっそっそっ、そんなの聞いてないっ」

でも笑うアルブレヒトはシルヴィアの小さな膝頭を摑んで、内腿にそっとキスを落とした。

まだ少しだけ残る痛みと疼きが、シルヴィアの身体を震えさせる。

「痛いの、嫌でしょう？」

「へ、平気、だもん」

「中が、気持ちイイの覚えないと、ね」

にぃっと笑うアルブレヒトに、シルヴィアは終わったと思った。

この笑みを浮かべるアルブレヒトに敵う訳がない。もちろんどんなアルブレヒトにも敵わないと思っているけど、コレは駄目だ。

だけどさすがに陽の光の中でする事じゃないと、シルヴィアは必死に膝と膝をくっつけようとする。

「……ア、アル？　なに、それ？」

脚を閉じさせてくれたアルブレヒトに嫌な予感を感じていれば、青いハーブの匂いが鼻に届いた。

サンダルウッドの香りだろうか。アルブレヒトの手元を見てみると、とろりとしたオイルが手を濡らしている。

「シルヴィアが痛いと可哀想だからね……少し慣らそうか」

「え？　え？」

陽の光できらきらと光るアルブレヒトの指が、シルヴィアの下肢に伸びた。

ぬるっと陰部を撫でられる。まだ赤いと指摘されたように、痛みと疼きが残る蜜口を撫でられてシルヴィアは硬直する。

まさか。でも。だって終わったんじゃないのか。でもでも。

涙目でアルブレヒトを睨み付けたのに、楽しそうに笑うから息を飲んだ。

「ひうっっ!?」

「一本なら、痛くないかな？」

ぬるりと根元まで指が一本蜜口に入り込む。凄い奥まで入れられたような気がするけど、アルブレヒトの言う通りに指が一本だけでは痛みはない。

それに指は動かなかった。

「……んんっ、い、たくない」

「それは、良かった」

身体の中に何かが入っているという異物感はあるけど、宥めるようにアルブレヒトが顔中にキスを落としてくれる。

じゃれるようなキスは好きだ。甘くて溶けてしまいそうになる。

頬に額に唇に、何度もキスをされて首を竦《すく》める。

「ゆっくり、ね……」

「ん、あ、あっ」

宣言通りに、アルブレヒトの指がゆっくりと抽挿《ちゅうそう》を始めた。

指の存在を教えるような緩い快楽に溺れる。少しも痛みがなくて、しかも痒いぐらいの快楽だからどうしていいか解らなくなる。

だって気持ち良くて変な声が出るから、シルヴィアは唇を噛んだ。

「駄目、ちゃんと声を出して」

「だ、だってぇ、ぅあっ、あっ」

ゆっくりゆっくりサンダルウッドの香りを纏った指に翻弄《ほんろう》させられる。ぬるい快楽は脳を溶かしてぐずぐずにする。

どうしよう。もどかしい。熱が溜まる。熱くなる。

どんどん体温が上がっていく身体が怖くて、シルヴィアはアルブレヒトの背に縋り付いた。

「な、んか……あっ、なんか、こわぃ、っ」

「ん？　何が怖い」

ガウンに爪を立てて引っかいて、身体の中に溜まるもどかしさをなんて言えばいいのかとシルヴィアは考える。

なんだろう。なんて言えばいいのだろうか。もどかしい。怖い。恥ずかしい。

そう、なんか足りない。

「……アルっ、あるぅ……」

「うん……足りないかな？」

「ん、ん、たりっ、なっ」

どうして解ったのだろうと、思う間もなく指が増やされた。

くちゅりと、水音が酷くなる。まだゆっくり抽挿される指に首を振ってアルブレヒトを見れば、キスできそうな近さで見つめられていた。

心臓が跳ねる。間近で見るアルブレヒトの笑みに身体が熱くなって、肌が粟立《あわだ》つのすら解ってしまう。

ぞくぞくと快楽が全身を襲って、弄る指をきゅうっと食い締めた。

「ふぁっ、あ、あっ」

「中が気持ちイイって覚えたかな……いい子」

急に息が苦しくなる。ひくひくと全身が痙攣して、縋る指の先まで震えている。

怖い。なんか怖い。駆け上がる快楽にどうしていいか解らないから、シルヴィアはアルブレヒトに縋るしかない。

「あるっ、あぅっ、あっ」

「いいよ……そのまま達せたら、お風呂に入ろうか……」

「ひぃっ、あっ、あぁあっっ！」

ぎゅうっと、空いた手で抱き締めてくれるから、シルヴィアはアルブレヒトの指に素直に従った。

頭の中が真っ白になる。ぬるりと指が引き抜かれるのに感じて、震えれば宥めるようなキスが目尻に降ってくる。

「可愛い、シルヴィア……早く、慣れようね」

機嫌のいいアルブレヒトの声を、シルヴィアはどこか遠くに聞いた。

「……ただれてる」

「うん」

アルブレヒトの脚の合間に座って湯に浸かったシルヴィアは、地獄の底から響くような声で咎《とが》める。ぼそぼそと、できるだけ低い声を出して責めてみる。

「……恥ずかしいし……ちょっと嬉しいけど恥ずかしいし」

「うん」

でも大きな声で咎められないのは、アルブレヒトがあまりにもブレないからだった。

なんでそんなに始終嬉しそうで楽しそうで幸せそうなのだろう。太陽の明かりの下でするのは恥ずかしいし背徳的だと怒りたいのに、アルブレヒトの顔を見るだけでシルヴィアの怒りは逸れる。ずっと一緒にいたかったのは自分も同じだけど、ずっとエッチしたかった訳ではないと言いたいのに、アルブレヒトが幸せそうだからいいかと思ってしまう。

だけどやっぱり恥ずかしいので、シルヴィアの口からはポツリポツリと愚痴のような責めが零れ落ちた。

「……アルがこんなエッチだと思わなかった」

「うん」

だってないだろう。

朝っぱらから弄るだけ弄られて、くったりすれば大きなタオルに包まれる。そのまま湯船まで運ばれて、色々なアレとオイルでドロドロになっているから湯船で滑って沈まないようにタオルごと身体を湯に浸けられた。

ぼんやりとしていればアルブレヒトはベッドのシーツを剝いで、新しいシーツに替えている。丸めたシーツをどうするのかと思えば部屋を出ていき、シーツの代わりに軽い朝食を持って現れた。

なに、この用意周到さ。怖い。怖過ぎる。

朝食は昼食になっているような気がしないでもないけど、部屋の中央に置かれている大きなテーブルの上に用意される。

そこまでしてからアルブレヒトはシルヴィアの背中側から湯船に入ってきた。

「……別に……エッチなアルも好きだけど」

「うん」

もちろんアルブレヒトが湯船に入った途端、シルヴィアの身体に巻かれていたタオルはぽいされる。

もう恥ずかしいなんて思う気力すらない。真っ赤になる体力すら残されてない。

優しくマッサージするように撫でていく手に目が溶けそうになるのは、何故か今のアルブレヒトからエロ気配がなかったからだった。

なんだろう。どこに収納しているんだろうか。むしろエロ気配があった事に驚きだというのに、こうも綺麗に隠されてしまうと夢を見ていた気分になる。

「……アルならなんでもいいんだけど、でも、なんで急に?」

「うん」

ゆっくりと伸びてきた手に顎を摑まれて、アルブレヒトに顔を覗き込まれた。

頬を撫でる手は優しい。目尻にキスを残していくのは赤くなっているからだろうか。凄く自然な仕草で唇にキスされて、シルヴィアはアルブレヒトを見つめた。

「なんで?」

「少しぐらい浮かれてもいいんじゃないかな」

「え?」

「二十三歳も年が離れているんだから身を引いた方がいいかな、って悩んでいたんだからねぇ……誰かさんが十二歳の時から私を無視してくれたし」

静かで凜とした声がシルヴィアの脳に染み込んでいく。理由を考えられるほど頭は働いてなくて、ただ言葉だけが心に刻み込まれる。

「ああ、頬の色が戻った。そろそろ上がろうか」

「……ええ？」

ざぱりと考えている途中で湯から上げられて、裸のままお姫様抱っこされた。

念願のお姫様抱っこにシルヴィアの思考が止まる。なんだか色々と考えている時に限って色々とされたり色々と言われるから、どうしても思考が纏まらない。

「無視、してないですよ？」

でもこれだけは訂正しなければならないと、シルヴィアはぼんにゃりとした声でアルブレヒトに言った。

だって好きなんて言う資格がなくなったと思っていた。アルブレヒトに怪我をさせたから、相応しい貴婦人になるまで周りをうろちょろしちゃいけないと思っていた。

「アルのこと、怪我、させちゃったし……」

「でも、寂しかったよ」

寂しくて手放さなきゃいけないって思ったと、アルブレヒトは淡々と言う。

そんなの嘘だ。空耳だろうか。ぼんやりしているから。だって駄目だ。アルブレヒトが寂しいのは駄目だ。

慰めようと思ってシルヴィアはアルブレヒトを見る。手を伸ばし頬を撫でて胸に頬をつけて、アルブレヒトの身体に赤いラインがあるのに気付いた。

「……これ」

「従騎士の頃の傷だね」

「痛い?」

「もう、痛くないよ」

笑うアルブレヒトにキスされる。お姫様抱っこは顔が近くて恥ずかしいんだと知る。

それにしても湯船に湯の用意、しかもソファの上に大きなタオルが敷いてあって、だからどうしてそこまで用意周到なのかとシルヴィアは少しだけ怖くなった。

だってタオルで拭かれた後はガウンを羽織らせてくれる。前を合わせてウエストのベルトまで結んでもらい、髪まで丁寧に拭いてくれる。

そのくせ自分の事はおざなりだから、珍しく前髪の下りているアルブレヒトを見てシルヴィアは顔を赤くした。

「シルヴィアのツボがなんなのか解らないねぇ」

「……私はアルの用意周到さにびっくりです」

目の前のテーブルに並んでいるのは、鶏と蕪《かぶ》のキッシュにシトロンとベリーを砂糖で煮込んである物にクリームがかかっている。飲み物はシルヴィアが好んで飲んでいるリンゴのシードルや甘くスパイスで味付けされたヒポクラスではなく、シトロンとカリンを蜂蜜で漬けた甘いジュースだった。

どうして毎回毎回アルブレヒトは自分に果汁を用意するのだろう。

「……アル」

「うん」

「なんで果汁なの？　もうアルコールの強いのも飲めるのに」

子供だと言われているようで悲しくなる。子供にしか思えないと言われているようで悔しくなる。

なのにアルブレヒトは少し目を見開いて、意地悪く笑った。

「シトロンもカリンも喉にいいんだよ」

「……それは知ってるけど」

「シルヴィアは喉が弱いよね。なのに、昨日も今朝も無理させちゃったしね」

確かにシルヴィアは喉が弱い。風邪などを引くと喉からやられる。

でもまさか昨日と今朝の事を持ち出されるとは思わなくて、果汁のグラスに伸ばした手がぴたりと止まった。

「……アル」

「駄目だよ、シルヴィア。服を着ていない時は全部私がやるから」

「はぁ？」

グラスに伸びた手を掴まれて、そっと膝の上に置かれてしまう。代わりにアルブレヒトが果汁の入ったグラスを取り、口に含むのを見て意図を察した。

なにそれ。なにそれ。エロい。恥ずかしい。エロ過ぎる。

いきなり本気を出されても困る。だって十六年見てきたのに、これまでは微塵《みじん》もエロい気配は出てなかった。

「アルっ……んっ」

しかし好きな人のキスを拒める人がいるなら教えて欲しいと、シルヴィアはせめてもの抵抗にアルブレヒトの背を叩く。

散々、泣き叫んだ喉に果汁が少し染みてシルヴィアは眉を寄せる。叩く腕が止まった事でアルブレヒトも気付いたのだろう。すぐに口を離してシルヴィアの喉を撫でてきた。

「痛かったかな？」

「少し、だけ」

「じゃあ、こっちをあげようか」

自分のグラスを口に含んだアルブレヒトに、シルヴィアは顔を赤くしながら素直に唇を待つ。

喉を通り過ぎていくのは少し甘めに感じるワインで、今度はアルコールが喉に染みてシルヴィアは眉を寄せた。

一体どれだけ泣かされたのだろうか。覚えているけど記憶は曖昧で、曖昧じゃないと死ねる恥ずかしさだと思う。

「シルヴィア。口を開けて」

「……はい」

甲斐甲斐しくスプーンでシトロンとベリーの砂糖煮を掬《すく》ったアルブレヒトに、どうして先に甘い物が食べたいと気付かれたのかとシルヴィアは更に顔を赤くした。

どうしよう。何がどうしようと混乱するぐらいに、どうしよう。

甘くて死んじゃうかもしれない。嬉しいけど恥ずかしくて、幸せだけど痒い気がする。

砂糖煮のところよりもクリームを多く掬っているアルブレヒトに、なんでもお見通しだと言われているような気がした。

「美味しい」

「うん。良かった」

「……お返しに、私がアルに食べさせようか？」

「そうだね。じゃぁ、キッシュを」

口を開けて待っているアルブレヒトに、シルヴィアは素直にキッシュを運ぶ。

いつもよりも小さく切り分けられているキッシュはアルブレヒトの指示なのだろうか、二口ぐらいで食べ終わる大きさになっている。

「……アール、指、食べちゃ駄目」

「ごめんね」

「全然、悪いと思ってない！」

「うん」

甘い空気に窒息しそうになるけど、よく考えてみれば昔とあまり変わりがないのかもしれない。

よくこうやってアルブレヒトに食べさせてもらった。

自分がアルブレヒトにあーんと食べさせた事もある。

何が違うのだろうかと、考えたシルヴィアはじっとりとアルブレヒトを睨んだ。

「エロ空気、反対」

「ん？　エロい空気、出して欲しいの？」

薄い唇から薄い舌を出したアルブレヒトに、べろりと唇を舐められる。目の奥には欲の色が見えて、シルヴィアは思わずアルブレヒトの頭を叩いてしまう。

だから、どうしてエロい気配を出し入れできるのか。普段はどこに仕舞っているというのか。収納可能なエロ空気というのはどうなんだろう。

「アル……まだ疲れてるから、駄目」

「若いのに、何を言っているんだか……」

「……私はむしろ、アルブレヒトの体力に感動しちゃいそうなんですけど？」

ほとんど泣き言を言えばアルブレヒトは苦笑して、シルヴィアの口元を親指の腹で拭った。

欲も色気もないキスを頬に落としてから、アルブレヒトはキッシュを抓んでシルヴィアの口元に持ってくる。素直に口を開ければ丁度いいところまでキッシュを口の中に入れてくれるから、アルブレヒトの恐ろしい凄さを見せつけられたような気がした。

そういえば飲み物だってシルヴィアが零さない量だった。なんだろう。なんでそこまで知っているのだろうか。

ちょっと怖いと思うけど、アルブレヒトだしとシルヴィアは納得してしまう。

「可愛いね、シルヴィアは」

「……本当は可愛いじゃなくて、綺麗とか色っぽいとか大人とか言われたいのにっ」

「年齢差は変わらないから仕方がないね。シルヴィアはずっと可愛いままだ」

ふっと、物凄く本気で幸せそうに笑われて、シルヴィアは顔を真っ赤にした。

反則だろう。その笑顔は反則だ。

真っ赤になったまま口をぱくぱくさせると、今度は意地悪く笑われる。

「本当にシルヴィアのツボが解らないよ」

「わ、私は解りやすいっていうか、アルの方が解りませんっ」

「ん？　何が」

「何がじゃなくて！　どこから引っ張り出してきたんですかっ、その甘い空気とラブラブの空気とエロい空気は！　どこに隠してたんですかっ」

わーんと、恥ずかしくて泣き真似をしてアルブレヒトの胸に飛び込んだ。


白の布地に色取り取りの花の飾り。身長差を考えて少しだけヒールのある白い靴に、アクセサリーに使われている宝石も綺麗な色が輝いている。ヴェールはドレスと同じく花をあしらったもので、婚約式でのシルヴィアの装いは全てアルブレヒトが見立てていた。

「……私の婚約式の時も……ドレスはレオンが全て仕切ってましたねぇ」

「遠い目をしないでください、クラウディアお義姉様っ」

「……でもシルヴィア様にびっくりするぐらい似合って……なんか怖いですよねぇ……」

「お願いっ、私も怖いから遠い目をしてどっか行かないでっ」

無事に婚約式も終わって、婚約のお披露目パーティーが始まっている。

アルブレヒトがアメルハウザー城に来てから、シルヴィアは夫婦の部屋からほとんど出られなかったので久々にクラウディアと話ができた。

それはもう色々とお話というよりは内緒話をしたのだが、段々とクラウディアの顔色が悪くなっていくのが解る。ぶつぶつと、犯罪だとか騎士怖いとか愛が重いとか言っているが、シルヴィアもクラウディアとレオンハルトの二人を見て思うところがあるので何も言えないというか言いたくない。

類は友を呼ぶとか、似た者同士というか、同じ境遇《きょうぐう》のせいかシルヴィアはクラウディアと震える手を繋いだ。

「……レオンも監禁とか言ってたけど……騎士団の騎士って怖いですよねぇ」

「監禁って何もしなくて楽なのはいいんですけど……騎士団って括りにしちゃうと騎士団の騎士達に申し訳ないような気がするんですよね」

「……シルヴィア様が幸せならなんでもいいんですけど……アルブレヒト様はレオンと違って大人だと思ったんですけどねぇ」

「大人だから監禁できちゃう知恵と勇気と根回しと実行力があるんじゃないかなぁ」

ある意味、惚気《のろけ》話と言えなくもない。

内容が内容だから、惚気話というよりは怪談話か本当にあった怖い話といった感じだが、シルヴィアもクラウディアも幸せなので問題はないだろう。

だってシルヴィアは蜜月という名の監禁生活を思い出して頬を染めていた。

それはそれはもう幸せだった、とか思っている。恥ずかしくて死ねそうだけどびっくりするぐらい恐ろしくも幸せだったので、あっという間の一週間だった。

騎士団の軍務隊長であるアルブレヒトは忙しい。きっとこんな蜜月はもうないだろう。

他人から見れば監禁で軟禁の生活かもしれないけど、もう甘くて幸せで恥ずかしくも嬉しい生活だったのだとシルヴィアは唇を尖らせる。

アルブレヒトに長い休みが取れたら頼んでみようかと、クラウディアが知ったら倒れそうな事を思いながらシルヴィアはグラスを持ち上げた。

「ご婚約、おめでとうございます」

「おめでとうございます。アメルハウザー様」

「……ありがとうございます」

監禁生活が幸せ過ぎて溶けてしまいそうだったと思うのは、現実を嫌でも見せつけられるからだ。

婚約者の時には解らなかった。年に数回のパーティーでこんな現実を見た事はない。

もしかしたらアルブレヒトが牽制していたのかもしれないと、あからさまな敵意を出した貴婦人達にシルヴィアは溜め息を吐きそうになる。

「可愛らしい奥様で……羨ましいですわね」

「アメルハウザー家に婿入りだなんて、ジーゲル様も大変そうですわ」

視界の端でクラウディアがあわあわしているのが見えて、シルヴィアは庇うように前に出た。

こんな慌てているクラウディアにレオンハルトが気付かない訳もない。きっとすぐにこの場から連れ出してくれるだろう。

悪意と嫉妬を剝き出しにした感情。今までアルブレヒトの婚約者としてパーティー等に出席して、あからさまにぶつけられた事がないのにと溜め息が出そうになる。

だけど言われっぱなしは性に合わない。

本来ならば深窓の貴婦人であり手の届かない王族であり何も知らない十六歳の小娘でし

かないシルヴィアは、敵意を剝き出しにする貴婦人達ににっこりと微笑んだ。

「あら、大変だなんて……アルブレヒト様は王族としても遜色《そんしょく》のない方ですわ」

「……そ、そうね」

「……でも、お年が離れていて、少し、ね」

今まで知らなかった。アルブレヒトの立場というのは非常に微妙であり美味しいのだと、婚約披露パーティーで教えられる。

王族お抱えの騎士団。辺境伯という身分なのに、実力で掴んだ騎士団での高い地位。小さな王国ならば関係を持ちたいと思うらしい。王族ではない貴族達も手が出る身分だからこそ、厄介《やっかい》な嫉妬をシルヴィアは受けてしまう。

くだらない。自分がどれだけ頑張ってアルブレヒトと婚約式まで漕ぎ着けたと思っているのかと、シルヴィアの笑顔が更に輝きを増した。

「私が生まれた時に婚約が決まりましたから。次期国王である父の命ですし……でも、アルブレヒト様も喜んでくれて、このドレスも見立ててくださったんですよ」

うふふと笑ってドレスの裾を持ち上げる。見せ付けるようにお辞儀をして、シルヴィアはどうだと態度に出した。

だってさすがに全ては言えない。

ドレスも靴もアクセサリーにヴェールまでアルブレヒトが勝手に決めたんだと、ちょっと自慢していいのか解らなくなる。しかも自分を部屋に軟禁《なんきん》して、眠っている間に決まってたんだとか、言えないからシルヴィアは微笑みで誤魔化《ごまか》す。

それでも詳しい事情を知らない貴婦人達は自慢げなシルヴィアに怯み、何か反論しようとして口を噤《つぐ》んだ。

「シルヴィア」

「アルブレヒト様」

「……ワインは駄目だよ。こちらのシードルにしておきなさい」

今、ここで、子供扱いするアルブレヒトにシルヴィアの頬が引き攣る。

なんとなく貴婦人達に笑われているような気がして、思わずシルヴィアはアルブレヒトに近付いて服の裾を引っ張った。

でも、よく考えてみれば自分が迂闊《うかつ》だったと解る。

アルブレヒトが周りを見ていない訳がない。貴婦人達の目の前で、収納可能な恐ろしいエロ気配を出してきた。

「酔われたら、私が困るだろう?」

「……ワインぐらい、酔わないですよ」

「まぁ、酔っても可愛いからいいけどね」

頬にキスされてシルヴィアは真っ赤になる。蜜月というか軟禁の時に慣らされた雰囲気に、自分の目が潤んでくるのが解る。

指先で頬を擽るのは止めて欲しい。赤くなったのを笑いながら髪を撫でないで欲しい。

「ジーゲル様！　ご婚約おめでとうござい……お邪魔、でしたか？」

「ご婚約おめで……あ、お邪魔でしたね……」

しかも騎士団の騎士達まで来て囲まれてしまえば、シルヴィアはアルブレヒトを睨むしかできなかった。

でも睨んだぐらいでアルブレヒトを止められる訳もない。更に赤くなった目元にキスされて、シルヴィアは変な声が出そうになるのを必死に我慢する。

「……アルブレヒト」

「これはレオンハルト様。ご機嫌よう」

「……浮かれ過ぎじゃないの？」

もう婚約披露パーティー終わってくれないかな～とか思っていれば、レオンハルトまで現れてしまいシルヴィアは神に祈りたくなった。

なんだろう。この空気の冷たさは。貴婦人達と騎士達が蜘蛛《くも》の子を散らすように逃げていく。騎士達が『犬猿《けんえん》の仲』だとか『触らぬ神に祟《たた》りなし』とか『悪魔と魔王降臨』とか言っていたような気がしないでもないけど、何も聞かなかった事にしてシルヴィアはクラウディアの隣に逃げた。

「おや、妹が結婚して寂しいのかな?」

「……シルヴィアはどうでもいいけどさ。アンタが義弟とか有り得ない」

「お義兄《にい》様と呼ばれたくなければ、勝てばいいんだよ。剣でも槍でもお相手しよう」

まさかアルブレヒトとレオンハルトの仲が悪いとは思わなかったと、思わずシルヴィアはクラウディアを見てしまう。

同じくクラウディアも知らなかったらしく、二人で手を繋いでぷるぷる震えてしまった。一体、騎士団で何があったのだろうか。むしろ何をやったのか聞いてしまいたい。

だってこの二人の仲が悪いのはまずいだろう。王国お抱えの騎士団という特異性の存在の中で二人は不可欠だ。

時が経ち父が国王を務め上の兄が国王になる時代がくれば、王族代表で次男のレオンハルトが騎士団総長となり、王族ではない身分からアルブレヒトが軍務隊長を務める。それで騎士団が成り立つのだから仲が悪いのは恐ろしい。

でもなんとなく本当は仲がいいような気がしないでもなかった。

きっと二人に聞けば苦虫を噛み潰して磨《す》り潰《つぶ》したような顔をして否定するのだろう。同時に否定して、息が合った事にすら嫌な顔をしそうな気がする。

「……本気で有り得ない」

「まぁ、私も本意ではないけどね。君をお義兄様と呼ぶのは」

「ぞぞってした……悪寒が走った……」

でも、そんな仲の良さはいらない。

どうしようと、シルヴィアとクラウディアがぴるぴるしていると後ろから呑気な声が聞こえてきた。

「アルブレヒト～、おめでとう～」

「……ありがとうございます。アンゼルム様」

「兄さん、緊張感バッキバキに折るの好きだね」

「お、レオンハルトもいたのか！　なんだよ、俺だけじゃん、独身なの」

アメルハウザー王国次期国王の長男アンゼルムは、どうやら二人の為になくてはならない存在だったらしい。

次期国王である父に一番似ているアンゼルムは、自分が偉いという立場など忘れてアルブレヒトとレオンハルトの背を叩いている。

「レオンハルトとかラブラブだしさ～、アルブレヒトはシルヴィアと二人きりで部屋から出てこないしさ～、俺もお嫁さん欲しいよな！」

「……作ればいいじゃん」

「……そうですね。作ればよろしいかと」

凄く微妙な緩衝材《かんしょう》だと思うが、きっとアンゼルムにその自覚はないのだろう。

その気がないからこそ上手くいっていると解るから、本当に妙に物悲しい。

「お前達夫婦を見ていると……凄いハードルが上がるんだけど……そこまで好きになれる人ができたら俺だって……」

シルヴィアとクラウディアは見つめ合いながら、アンゼルムを自分達のお茶会に招いてあげようと心から思った。

婚約披露パーティーを終えたら、なんだかぐったりした。

緊張や興奮で疲れた訳ではなく、どう考えてもアルブレヒトとレオンハルトのせいだろう。アンゼルムがきてマシになったとはいえ、二人がチクチクと言い合っているのを聞いていたら、クラウディアと二人でぐったりしてしまった。

「……お姫様抱っこがいいですっ」

「お姫様抱っこ、ねぇ」

なのでアルブレヒトに抱っこされながら部屋に帰る。シルヴィアが強請《ねだ》ったのではなく、アルブレヒトが勝手に抱っこしたので問題はない。

「なんで、いつもこの抱っこなんですか？」

腿を持たれて背を支えられ、立った状態から持ち上げるような抱っこは小さな子供にする抱っこだとシルヴィアは思っていた。

確かに両手が使えるというのは理由になるだろう。一回はそれで納得した。でもやっぱり自分はまだアルブレヒトにとって子供なのだろうかと考えてしまう。もちろん解っている。そりゃぁ、二十三歳の年の差は縮まらない。

だからこそ、こういう時には大人というかレディ扱いして欲しいと思う。婚約式の後ぐらいはと思う自分はおかしくないと思いたい。

顔が近くて恥ずかしいのが、お姫様抱っこの醍醐味《だいごみ》だろう。恥ずかしくて顔を赤くしたりして、いかにも恋人同士という抱っこがお姫様抱っこだ。

「癖《くせ》になってるからね」

「……癖？」

「シルヴィアは何もないところで転ぶ天才だから。床にキスする前に拾い上げようとすると、この形になる」

ぽんと、シルヴィアは心の中で手を叩いてしまった。

納得すると悲しいぐらいに悔しい。いやでも、そんなに転んでいるだろうか。そこまで酷くないはずだ。

「そ、そんなに転んでないですっ………た、たぶん」

だけど反論できないからアルブレヒトの頭を叩けば、片腕でシルヴィアを抱えて空いた手で扉を開けていた。

「両手が塞がるとね、シルヴィアが何をするか解らないから怖いだろう？」

「怖くないですっ」

笑いながら真っすぐ歩くアルブレヒトは、シルヴィアをソファに落とす。

部屋の中には使用人達が用意した湯船が置いてあり、湯気を立ち上らせる瓶まで置いてある。テーブルには蜂蜜《はちみつ》酒とチーズにドラジェ、クラップフェンまで用意されている。

ついでというか本命のように、フルーツが入ったヒポクラスまであるからシルヴィアは目を見張った。

凄いと思う。ここまで用意されていると凄いとしか言いようがないだろう。

何が凄いって、また部屋から一歩も出ずに暫《しばら》く生活できてしまう。蜜月というか軟禁生活再来になるのかと、幸せだから文句は言わないけどシルヴィアは顔を赤くした。

そりゃぁ、文句なんてない。

今まであまりアルブレヒトと一緒にいられなかったのだから、それを取り返して何が悪いとか思っている。

何歳の頃までだっただろう。王国お抱えの騎士団の騎士達全員がアメルハウザー城にいた頃は良かった。いつでもアルブレヒトの顔が見られた。

しかし城から馬で五分のところに宿舎を構え、アルブレヒトが宿舎で寝泊まりするようになってからは顔を見るのさえ大変だった。

兄達に強請《ねだ》って強請ってごねて聞いて、アルブレヒトが来る時には必死に纏わり付いたと思い出す。窓から騎士団の馬が到着したと言っては部屋を飛び出したし、廊下で後ろ姿を見れば飛び付いたのを覚えている。

そのぐらい必死にアルブレヒトに近寄っていたのだから、部屋から一歩も出られないぐらいなんでもないとシルヴィアは笑った。

ちょっと恥ずかしいだけだ。本当にアルブレヒトが比喩ではなくなんでもやってくれるから、一人では何もできなくなりそうで怖いだけだ。

でも、と。シルヴィアは首を傾げる。

何か問題というか文句があるというなら、一つだけある。

「……アルが来てから、大きなお風呂に入った記憶がないっ」

川が近くにあるからできる贅沢《ぜいたく》の大きな風呂は、湯船ではなくて川を切り取ったように大きい。泳ぐようなはしたない真似はしないけど、それでも脚を伸ばして入れる風呂は気持ち良いからシルヴィアは唇を尖らせた。

「ああ、あの風呂ね」

「大きなお風呂、入りましょうよ。あれなら湯船とか瓶の片付けもしなくていいし」

「まだ、駄目」

凄いイイ笑みで言われて、シルヴィアは首を傾げる。

なんで駄目なのだろうか。本来なら部屋で湯浴みをする時には使用人達が用意してくれるけど、アルブレヒトは自分で用意から片付けまでやっている。大きな風呂なら用意も片付けもしなくていいからアルブレヒトだって楽だろうに、どうして駄目なのかとシルヴィアは眉を寄せた。

「なんで？」

「シルヴィアを誰にも見せたくないから」

「…………っ」

ぼぼっとシルヴィアの顔が真っ赤に染まる。

本気だったのか。あれは本気の言葉だったのか。

嬉しそうに幸せそうに笑っているアルブレヒトを見ると、もう何を言っていいのか解らなくなる。

「……ぅ、ううう」

「本当は婚約式も、披露パーティーも面倒だったんだけどね。可愛い奥さんを見せびらかしたいと思うし、誰にも見せたくないとも思うんだよ」

どうしよう。どうしたらいいんだろう。

なんだか恐ろしいぐらいに痒かった。

「……ぅううっっ」

「使用人すら入れたくないんだから駄目。大きな風呂はこの部屋から遠いし、廊下で誰かと擦れ違うのも嫌かな」

「甘いっっ、甘過ぎるっ、べたべたのドロドロに甘いっ！　アル、どうしちゃったの嬉しいけどどうしちゃったの！」

とりあえずシルヴィアは嬉しかったのでアルブレヒトに抱き付いてみた。

突撃というか胸に飛び込んでもアルブレヒトは揺るがない。当たり前みたいに抱き締めてくれて、ソファに座ってシルヴィアを膝の上に乗せる。

「シルヴィアにはずっと甘いよね？」

「……嘘っ、嘘だっ」

「小さな頃から甘いよ。振り向きダッシュで転ぶのを止めるぐらいに甘いよ」

反射神経が恐ろしく鍛えられたと、アルブレヒトが笑うからシルヴィアはどうしていいか解らなくなった。

確かに何度も助けられている。後ろから突撃しようとして転びそうになれば、何故かアルブレヒトに抱っこされていたと思い出す。

十二歳の時だってそうだ。

あの時だって、アルブレヒトは武器商人と話をしていたはずなのに、シルヴィアの放った短剣を手で払ってくれた。

「シルヴィアは心配で目が離せない」

「……それって、子守って事でしょう？」

「子供が転ぶのは当たり前だし、何も小さな悲鳴と物音を聞き分け振り返って助ける義務はないよね」

「……で、でも、私はアメルハウザー王国の、アルの盾仲間のお父様の娘だし」

「無意識の意識ってヤツかな？　助ける必要はないって思ったのも随分《ずいぶん》と後だし……ずっと助けていたせいかシルヴィアから目が離せなくてね」

大きな手に頬を撫でられ、シルヴィアは嬉しくて目の奥が熱くなるのが解った。

子供で良かったのかもしれない。迷惑をかける子供だったからこそ、アルブレヒトの意識を繋ぎ止めていたのかもしれない。

だって普通の政略結婚とは少し違う。

他国との協定や盟約。財産や領土の問題の解決。唐突に決まる事が多い政略結婚ならば、二十三歳差も珍しくはないだろう。

でも今回はシルヴィアが生まれて婚約が決まった。

アルブレヒトはシルヴィアが大きくなるまで、目の前で見続けていかなければならない状況だった。

赤ん坊から子供に、子供から貴婦人に。変わっていくシルヴィアを見なければならないアルブレヒトは、どんな気持ちで婚約を受け入れていたのだろう。

親が子の成長を見守るのと同じ。大きくなっていくシルヴィアは、アルブレヒトの意識を変化させるには難しい。

子供から、貴婦人へ、一人の異性として意識してもらえて良かったとシルヴィアはアルブレヒトに微笑んだ。

「アル、好き……婚約式できて、良かった」

「うん」

優しく笑ってくれるアルブレヒトに、シルヴィアは少し緊張して喉を鳴らす。

怖いけど、今ならば聞ける。この雰囲気なら聞いても嫌われたりしないだろうと、シルヴィアはアルブレヒトの目を見つめる。

「……でも、じゃぁ、なんで婚約解消しようとしたの？」

悲しかった。酷く苦しかった。

嫌われていると、他に好きな貴婦人ができたのだと、そう思っていた。所詮《しょせん》、自分はアルブレヒトにとって女にはなれなかったのだと絶望した。

「……少しでも私のこと思ってくれてたなら、そのままでも良かったじゃない。何も婚約を解消しなくたって。なんか凄いショックだった」

そうでなくともハンデは大きい。子供の身体がどれだけ疎《うと》ましかったか、アルブレヒトの身長の半分もいかない身体ではパーティーでダンスを踊る事すらできない。

周りにはアルブレヒトの婚約者だと認められていると信じていられたのは、本当に小さな小さな子供の頃までだった。

すぐに、気付く。

気付きたくなんかないけど、気付かされてしまう。

こんな子供と婚約だなんて可哀想に。しかし王族直系の息女だ。羨《うらや》ましい。

自分がどれだけアルブレヒトと釣り合っていないのか、ひそひそと囁かれる声に気付いてからは悔しくて仕方がなかった。

「二十三の年の差を気にしているのはシルヴィアだけじゃないって事」

「そんなのっ……」

「それでも。わざわざ、二十三歳も年上のおじさんと結婚しなくてもいいんだよって……手放してあげようと思ったんだけどねぇ」

苦く笑うアルブレヒトにシルヴィアは何も言えなくなる。

今更だろう。今更だと思う。二十三歳の年の差を納得して婚約を受け入れたのではないのだろうか。

だから何度言われても納得できない。

それが顔に出ていたのか、アルブレヒトは苦笑しながらシルヴィアの頬を撫でた。

「……まぁ、少しだけ、懺悔《ざんげ》の気持ちもあったかな」

「え？」

想像もしなかった言葉がアルブレヒトから飛び出して、シルヴィアは目を丸くする。

なんでいきなり懺悔なんて言葉が出るのだろう。少しだけ嫌な予感がして指先が震えるが、アルブレヒトの服を摑んで耐える。

「……失礼な事を思ってしまったから。おこがましい思いを抱いてしまったから。自分の思い上がりに腹が立って、シルヴィアに選ばせてあげたかった」

「……え？　え？」

「シルヴィアは本当に覚えてないのかな？」

にぃっと笑うアルブレヒトは、意味が解らないと目を白黒させているシルヴィアの額にキスを落とした。

安心しろと言っているのか、アルブレヒトのキスは優しくイヤラシイ気配はない。

だからシルヴィアは黙ってアルブレヒトの声を聞く。

「最初に婚約の話をされた時には、年齢差を理由に婚約の解消は簡単だと思っていた」

「…………」

「大事な娘を政略結婚で城から出したくないフュルヒテゴットの精神の安定の為って、そんな軽い気持ちで婚約を受け入れた」

静かで重い声はシルヴィアの心の中に入り込んで、小さな小さな棘になった。ちくちくとむず痒くなる。悲しくはないし痛くもないけど、それでもちりちりと心の中を刺しているのが解る。

「でも、シルヴィアはちょっと想像を超えるドジっ子だったよ」

「……はぁっ!?」

肩を震わせて笑い出したアルブレヒトを、シルヴィアは強い目で睨み付けた。

何をいきなり言い出すのか。ドジっ子とか。そりゃぁ、何度も転ぶところを助けてもらっているけど、そんなに笑って震えるぐらいドジっ子ではないと思う。

「二階の窓から私の姿を見つけてバルコニーから乗り出して落ちてくる事、三回」

小さな小さな子供がスカートをふわふわさせて落ちてくるのを見た時、確実に数年の寿命が縮まったと思ったのを覚えていると、笑いながらアルブレヒトは言う。

「必死で抱き留めたのにシルヴィアは笑ってたねぇ」

「……う、嘘?」

「もちろん嘘じゃないよ。それから、私の周りをちょこまか動いて馬に蹴《け》られそうになったのが、五回」

これは何度言っても聞いてくれなかったから、馬の後ろに行かせない為に抱っこを覚えたんだよねぇ、と。

アルブレヒトは痙攣するように笑っていた。

どうしよう。なんだか知っちゃいけない事実を知ったような気がする。これは忘れていた方が心の平安を保てるだろう。

小さな子供の頃におねしょをしていたと言われるよりも衝撃的だ。

いくつになっても文字を覚えなかったと言われるよりも心が壊滅的だ。

なのにアルブレヒトは笑いながら尚もシルヴィアを追い詰めた。

「何もないところで転んだ回数は数えられないし、私に体当たりというか飛び込んできて鼻血を出した回数も二桁に上るね」

「……うそ、嘘だ、嘘って言ってぇっ」

「嘘じゃないよ。シルヴィアは抱っこさえしていればご機嫌だったからね。私はシルヴィアを見たら抱っこするって心に刻んだぐらいだよ」

楽しそうに笑うアルブレヒトにキスされる。それはそれはもう甘い甘いキスだけど、顔中に降ってくるキスだけど、嬉しくないとシルヴィアは身を捩る。

「目が離せなかった。アメルハウザー王国次期国王の息女でも、きつく叱れば遠ざける事もできると解っていても、それでも可愛くて目が離せなかった」

「うっ、嬉しくないいぃいいいっ」

「……だから、気付いた。子守の範疇《はんちゅう》を逸脱してるって、ね」

ちゅっと、少しだけ長めのキスを唇に落とされて、シルヴィアは真剣な顔をしたアルブレヒトの目を見つめた。

なんで急に真剣になったのか。それを考えると怖い。

「随分と失礼な話だけど、シルヴィアは私が面倒を見なければ粗忽《そこつ》さで死ぬんじゃないかと思ったよ」

「しっ、真剣な顔で何を言うのかと思えばっ」

なのに、そんな事を言うからシルヴィアは顔を真っ赤にして怒った。

ぽかぽかと胸を叩いたってアルブレヒトにダメージなんかないと解っている。それでも叩かずにはいられないと腕を動かす。

「転ぶぐらいじゃ死なないだろうけど、さすがに二階のバルコニーから落ちてきたり馬に蹴られたりしたら危ないだろう?」

「っっ！　大丈夫だしっ、ドジっ子で死ぬとかないもんっ！」

「迂闊でそそっかしくて破天荒でおっちょこちょいのドジっ子で、心配だった。不安だった。死ぬかもしれないって思った時に……離れなきゃいけないと、思ったよ」

「…………え？」

「子守の範疇を逸脱しているって、気付いたからね」

苦しそうに笑うアルブレヒトに、シルヴィアの胸がきゅっと痛んだ。

でも、意味が解らない。なんで駄目なんだろう。子守の範疇を逸脱したからといって、何が駄目だというのか。

それこそ、シルヴィアが望んでいた事じゃないのだろうか。

眉を寄せてアルブレヒトを睨めば、苦笑したまま頬を撫でてくれる。

「私がいなければ死ぬかもしれない……そんな自惚《うぬぼ》れがあった。シルヴィアには私が必要なんだと思い上がっていた」

「そ、そんなこと……」

「慢心《まんしん》していたところに、四年前の件だ。さすがに応えたね」

酷く静かな日々だったと、アルブレヒトは囁くように言った。

アメルハウザー城に出向いても、背中に激突される事はない。二階のバルコニーから落ちてくる事もなければ、馬を木に繋いでいる時に周りをうろちょろされる事もない。ねぇと、袖を引かれる事もなくなり、心が寒いと気付いた。

そう言って苦笑するアルブレヒトにシルヴィアの顔が歪む。

「酷いよね、無視するなんて」

「……無視してないしっ、アルに相応しい貴婦人になるって言った！」

そんな顔をするのは、ずるい。

年齢差を理由に婚約を実力で解消した事を問い詰めていたのに、そんな顔をするなんてずるい。

「だ、だって、アルのこと、怪我させて、だから！」

「ああ、王族と使用人と泥棒の区別もつかない武器商人は解雇《かいこ》させてもらったよ」

「……それは、職権乱用、じゃないの？」

「解雇して正解だったと思うよ。シルヴィアが私を無視した原因だからね」

じわりと、シルヴィアの目に涙が溜まった。

そんな事を思っていたのか。そんな風に思っていてくれたのか。だって子守で片付けられる話じゃない。呆れずに助けてくれたアルブレヒトに嬉しくなる。

「………愛しているよ、シルヴィア」

「っっ！」

目尻に溜まった涙を、アルブレヒトの親指の腹で崩された。

すぐに唇が触れる。ほんの少しの涙を舐めて、軽い音のするキスをくれる。

「本気で好きだって言ってくれるなら、我慢する必要はないと思ってね」

「……我慢、してたの？」

「してたよ」

「……そんなのっ、しなくてよかったのにっ」

泣きながら抱き付けば抱き返してくれる腕に、シルヴィアは心の底から安堵《あんど》の息を吐いた。

膝の上に座っていたからか、お姫様抱っこをしてくれる。嬉しくてアルブレヒトの首にしがみつけば笑われて、それすら幸せだと思う事に怖くなる。

「シルヴィア……」

「婚約式できて、嬉しいです……」

「うん」

お姫様抱っこのまま、ぎゅうっと抱き締められて、凄い凄い幸せだとシルヴィアの胸がきゅっと痛んだ。

だって夢みたいだから。もしかしたら夢かもしれないから。

婚約式を挙げたのも夢みたいに幸せだから、ちょっと急に嬉しくて泣きそうになる。これから初夜で、もう済ませちゃったけど本当の夫婦の関係をして、そう思えば恥ずかしくて顔から火が出そうなのにアルブレヒトが小さく囁いた。

「やっぱり似合うね」

「……嫌味言いにきた貴婦人に自慢しちゃった」

そっとベッドに座らされて白状する。片眉を上げ、何があったのかと表情で聞いてきたアルブレヒトに、シルヴィアはドレスの裾を直しながら言う。

「年齢差とか王族とか、アルが可哀想とか言われたから……ドレス、アルに選んでもらったんだって」

「……クラウディア様と二人で話をしていた、あの時かな？」

「そうです。アルは私の事が好きなんだからーって言っちゃった」

「事実だからねぇ」

ふふふと、二人で笑い合ってキスをすれば、アルブレヒトが丁寧にシルヴィアを仰向けに倒した。

じっと見てくるからシルヴィアは身を捩る。でもアルブレヒトが皺になった裾や袖を直すから、ドレスを見たいのかと素直に身体を真っすぐにする。

少し照れる。このドレスを選んだ理由とか聞いてないけど、自分でも髪や目の色に似合っていると思うから小さく微笑んだ。

「似合う？」

「ああ。凄く可愛らしい」

「もっと大人っぽいドレスでも良かったんですよ？」

「すぐにそういうのが似合うようになるんだから、今は今、似合うのを着た方がいい」

大人っぽいドレスが似合うようになったらまた選んであげるからと、アルブレヒトが笑いながら言うからシルヴィアは顔を赤くする。

そうか。また選んでくれるのか。単純に嬉しいと思いながらアルブレヒトの視線を受けていれば、ちょっと脳が拒否する言葉が聞こえてきた。

「やっぱり似合う。このままましようか」

「……え？」

似合うと、このままするが、繫がらない。

アルブレヒトの見立てなのだから似合うと言ってもらえて嬉しいけど、このドレスを脱がないでするのはどうだろう。

普通のドレスじゃない。婚約式という晴れの舞台に着る、王族の権威を見せ付ける豪華なドレスだ。

「だ、駄目ですよね？　これ、スカートとか凄いですよ？」

「大丈夫。汚さないから」

「そっ、そういう問題じゃっ！」

仰向けに寝ていても、ふわりと膨らんだドレスの裾からアルブレヒトの手が潜り込む。脚に沿うように撫でてくる手に、裾がじりじりと持ち上がる。踝《くるぶし》が見える。脹脛《ふくらはぎ》が、膝頭が見えて、シルヴィアはアルブレヒトを睨んだ。

「アルっ」

「……シルヴィア」

詰ろうと開いた口にアルブレヒトの指の腹が当てられる。それからゆっくりと自分の指先を口元に持ってきて、静かにと微笑んでいる。

誰が声を荒らげるような事をしているというのかと、ぎりりとアルブレヒトを睨めば薄い唇にキスをされた。

せめてもの抵抗に唇を結んでいれば、アルブレヒトの舌が唇を舐め歯を舐める。戯《たわむ》れるように唇を噛み、ちゅっと可愛い音を立てるキスをする。

でもアルブレヒトの掌が内腿を撫でると、シルヴィアの唇は簡単に解けた。

擽ったい。擽ったいのに、濃くて甘い蜜月で慣らされた身体は先を知っている。

靴下留めのベルトを外し、残酷なぐらいゆっくりと靴下を下ろされた。

「……あっ」

両足の靴下は丸められてベルトと一緒に放り投げられる。緩い下着の腰紐《こしひも》を解かれて、シルヴィアはどうしていいか解らなくなる。

腰を上げた方がいいのだろうか。脱がすなら。でもドレスのままじゃ嫌だ。ぐるぐると羞恥と混乱に翻弄されていると、アルブレヒトが酷く簡単に下着をずり下ろした。

慌ててシルヴィアは上半身を起こしてドレスの裾を押さえる。無駄だと解っていても、脱がされないでするのは恥ずかしい。

なのにアルブレヒトは笑う。

にぃっと、薄い唇の端を持ち上げ色気のある笑みを浮かべた。

「ず、ずるい……」

「ずるくないよ?」

雰囲気の変わったアルブレヒトに、シルヴィアは唇を噛む。

手が、アルブレヒトの手が、ぺたりと膝頭に触れて這い上がってくる。じりじりと脚の付け根に向かって這う掌に、シルヴィアは体温が上がったような気がした。

「ア、アル……」

両手でドレスの裾を押さえていたって、アルブレヒトの手はゆっくりと脚の付け根に向かってくる。

知っている。この掌が、指が、どこに向かうのか知っている。

「ひっ」

さわりと、指先が恥毛を擽った。

脚の付け根が震える。何をされるのか知っているから下肢が熱くなって、なのに指は意地悪く恥毛だけを擽る。

「ミルク色の肌にストロベリーブロンドの髪、アーモンドのような瞳……シルヴィアは、凄く美味しそうだねぇ」

「お、美味しく、ないっ」

アルブレヒトと初めてしてから、婚約式までの一週間は濃かった。

痛くないように、快楽を感じるように、優しく意地悪く繰り返される行為はアルブレヒトを覚えさせられる。アルブレヒトの身体を手を体温を匂いを、シルヴィアの身体に染み込むまで教えられた。

だからシルヴィアは唇を嚙む。悪戯に恥毛を弄る指先に焦れて、もどかしい自分の身体が忌々《いまいま》しく感じる。

「……も、ドレスっ、脱ぐ！」

「どうして？　可愛いのに」

「だっ、だって、熱いからっ」

じりじりとした疼きが身体の芯にあるのに、頭の中はしっかりしているから口からどうでもいい言葉が飛び出した。

でも身体が熱いのは本当だ。ただ悪戯をしている指先に熱くなっている。

「ん～、勿体《もったい》ないな」

「勿体なくないっ、皺になる方が勿体ないですっ」

必死になってベルトやボタンを外す。背中にあるボタンは外せないけど、目の前にある外せる物は全て外してしまう。

ある程度の装飾品とボタンを外せば、アルブレヒトの手に止められた。

脇の下に手を入れられ、身体を起こされる。ベッドの上で膝立ちにさせられ、アルブレヒトの肩に手を置くように導かれる。

「これなら大丈夫でしょう？」

「え？　ひゃぅっ!?」

スカートの中に手が入ってくる。今度は意地悪されずに尻や陰部を撫でられる。

体格差があるせいか、シルヴィアが膝立ちになっても胡座《あぐら》を掻いて座るアルブレヒトと同じ視線で、どうしていいか解らないから頭を振る。

だって濡れている。濡れていた。キスをして恥毛を擽るような悪戯をされただけなのに、割れ目を撫でる指がぬるりと滑るのが解った。

「アルっ……ま、待って、待って」

ぬるぬると指が蜜口を撫で突起を掠める。今までみたいに蜜口に指を入れたり突起を弄ったりしないで、ただ優しく撫でている。

恥ずかしい。我慢が足りない子供みたいで恥ずかしくて死ねる。

だって身体が覚えてしまった。

爛《ただ》れた一週間だろう。でも何より好きで好きで大好きなアルブレヒトに求められたら、シルヴィアは疲れている以外の拒否はできなかった。

体力的というか生命力的というか、命の危険の意味で拒む事はある。これ以上やったら何か変な病気にかかって死ぬという直前まで追い詰められて、それでゴメンナサイしたけど本当は申し訳なかった。

どうして二十三歳も年上のアルブレヒトの方が生き生きしているのだろう。

笑いながら『やり過ぎて腰が怠《だる》い』とか言っていた朝もあったけど、シルヴィアは死ぬ一歩手前だった。

それぐらい慣らされた身体だと頭のどこかで納得していても、恥ずかしいものは恥ずかしい。いっぱいやったんだから少しぐらい羞恥が薄れてもいいと思うのに、どうしてこんなに恥ずかしいのだろう。

だから目を閉じてアルブレヒトの肩に顔を埋めた。

「んっ、ね、アル、ドレス脱いで、普通にっ」

「普通でしょう？」

「ふ、普通じゃないっ、これっ、普通じゃ……ふぁっっ」

くちゅっと淫猥《いんわい》な水音が聞こえてくるようになって、アルブレヒトの指が一本蜜口に入り込んだ。

酷く濡れていたのだろう。何の抵抗もなく、アルブレヒトの長い指がぬくりと中に埋まっていく。

「シルヴィア……可愛い、シルヴィア。こっちを見て」

「……ぅう、アルの馬鹿ぁっ」

目を閉じてアルブレヒトの肩口に顔を埋めていたけど、声に逆らえる訳もなく顔を上げて視線を合わせた。

獰猛《どうもう》な肉食獣が餌《えさ》を見つけたような、残酷な悦楽を瞳に滲《にじ》ませたアルブレヒトがいる。

これは、怖くない。だって、アルブレヒトが食べたいのが自分ならば、シルヴィアは喜んで差し出す。

「教会で、皆の前で、私に愛を誓ったシルヴィアを欲しいと思うのはおかしいかな?」

指は動かないけど、むしろ動かないから身体が焦れて、じりじりと熱が上がっているというのにアルブレヒトの声にシルヴィアは硬直した。

夫婦間の関係は、夫となる人に聞けばいい。そう言われていたから、コレが普通なのか普通じゃないのか本当は解らない。

でも理由を聞けば納得できて、だからこそそれはズルイと思う。

「……おかしく、ない、です」

「うん」

「……でも、なんか、やだ」

本音を言えば笑われて、アルブレヒトは空いた手で頬を撫でてくれるから、シルヴィアは素直に唇を寄せた。

今度のキスは教わった通りに少し口を開けてアルブレヒトの舌を待つ。口蓋や舌の脇を擽るように舐められて、擽ったい感覚が快楽だと教えられた。

「何が、嫌？」

「んんぅ……熱ぃ……」

ガウンや布団の中でも熱いのに、ドレスでは熱が籠もって仕方がない。汗やキスの合間に零れた唾液や、色々なモノがまずいと思う。

「……じゃぁ、一回イったら脱がしてあげるよ」

「……やだ……アル……」

「それまで我慢、ね」

唇を噛まれて身体を震わせれば、アルブレヒトの指が意地悪く動き出した。

中を、奥を、掻き混ぜるように動かされると身体が跳ねる。激しい抽挿《ちゅうそう》よりも回すみたいに弄られるのが感じると、仕込んだアルブレヒトだけが知っている。

だって酷い音がしている。ぷちゅりと、耳を塞いでも聞こえてくる身体の中からの音が部屋に響いている。

「うあっ……あっ、あっ」

親指は突起を弄り、中指が中を掻き混ぜ、シルヴィアはアルブレヒトの頭を抱え込んで膝を動かした。

逃げたい。指から。意地悪する指から逃げたい。

でも身長差のせいでいくらシルヴィアが腰を上げても大した高さまで逃げられなくて、弄られる快楽に腰が落ちれば奥を突かれる。

駄目だ。濃い蜜月のせいでアルブレヒトが本気だと解って、自分を高みへと導く為に指を動かしていると解った。

「ひっ、あぁっ、あっ、や、やっ」

「……いいんだよ、我慢しなくて。すぐにイけるように教えたんだからね」

「あ、あるっ、まって、まってっ」

慣れてしまったと自分でも思う。解っている。だけど一週間も爛れた日々を送っていたのだから仕方がない。

夫婦の関係は純粋に気持ち良いと、アルブレヒトに教え込まれていた。

軽い絶頂を迎えると、背を支えていてくれた手が頬を撫でる。すぐに顔中にキスをされて、表情を見られていたと知った。

「やぁあっ！　あっ、あぅ……」

くたりと力が抜けた身体を支えてくれて、そのまま優しくベッドに横たえてくれる。仰向けに寝転ばせられて肩で息をしていれば、婚約式のドレスのまま快楽の余韻に浸っていたと気付いてしまった。

「……アルの……意地悪……変態……」

「否定しないよ」

「ううう……」

「シルヴィアが可愛過ぎるからいけないよね。こんな趣味はなかったはずなんだけど、シルヴィアを見て初めて知ったよ」

楽しいね、変態。とか、爽やかな笑顔で言われてシルヴィアはどうしていいか解らなくなる。

夫が変態で困ればいいのだろうか。でも好きだし。多少の変態なら愛で乗り越えられるかもしれない。

つらつらと考えていれば、いつの間にかドレスの裾を摑んでいたアルブレヒトに、ぺろりと脱がされてしまった。

「ぷはっ……きゅ、急にっ」

「いきなり何を考え出したのかな？　初夜の閨《ねや》で、私以外の事を？」

にこにこ笑っているけど、アルブレヒトの目は笑っていない。なんでそんな目をしているのかと思わなくもないが、言われた言葉を考えて頬を赤くする。

「アルの事……です……アルが変態でも愛があればいいかなって……」

「……そう。変態でもいいの？」

「え？　ああう、うううううっ」

今度は怒ってない本当の笑みに迎えられて、シルヴィアはアルブレヒトから身を隠すようにシーツを引き寄せた。

もしょもしょとシーツの中に入る。にこにこ笑っているアルブレヒトの視線を受けながら、顔を赤くして全身頭の天辺から足の爪先《つまさき》まで隠してしまいたい。

だって、どうして答えられるだろうか。本当は駄目だと思うのに、アルブレヒトが嬉しい顔をするなら変態でもいいとか、それはまずいと自分でも解る。

「シルヴィア？」

「……うううう」

むしろシルヴィアには、どこからどこまでが変態なのか解らなかった。

王族だがそれなりに友人は多い。友人というよりはパーティーなどで話すだけの知人だけど、ちょっと大きな声で言えない話もする。

シルヴィアの年齢が年齢だから詳しくは教えてくれないけど、夜の話だとか遊びの話だとか色々と聞いていた。

娯楽が少ないというのもあるだろう。

平和な国は身分が高くなれば高くなるほど暇人だと、レオンハルトが吐き捨てていた。

アメルハウザー王国は夫婦間というか夫婦になること前提ならば色々とむにゃむにゃが許されるが、不倫や乱交などの不道徳は許されてない。教会の教え自体、身分の高い貴族には守られてないのが現状だ。

そういう訳で、シルヴィアは年齢の割には耳年増だった。

友人知人に何を吹き込まれたのかという感じだが、その下世話な会話の中に『変態と呼ばれる領域』なんてものはない。

「へ、変態さんでもいいんですけど……アルのこと好きだし……で、でも、変態って、どこまでが変態なんでしょうか？」

羞恥で泣きそうになりながら言えば、物凄い笑顔のアルブレヒトに見つめられた。

なんか、駄目だ。何が駄目なのか解らないけど、なんか駄目だ。

「大丈夫だよ。さっきのだって、そんなに変態性がある訳じゃない」

「え？」

「皆の前で誓ったドレスのままのシルヴィアを自分のモノだと確信したいというのは変態ではないだろう？」

「え？　え？」

「私のモノだと確認したかっただけだよ、可愛い私のシルヴィア」

「え？　え？　え？」

よくよく考えてみれば、シルヴィアは気付いていないだけだった。

あのレオンハルトですら我慢した軟禁蜜月だって充分に変態だと思う。濃い蜜月生活の中でされたアレコレだって、食事から風呂からオハヨウからオヤスミまでを網羅するアルブレヒトの執着は充分に変態だろう。

だが、アルブレヒトを好きなシルヴィアは気付かずに生きていく。自分の夫が自分を好きでいてくれて良かった～とか呑気な思考は崩されない。むしろ、それはヤバイ怖いまずいとかいう輩が出れば、アルブレヒトがどうにかするだろうと簡単に予測できた。

恐ろしい感じがしないでもないが、きっとシルヴィアが気付かなければどうという事はないだろう。

頭が弱いとか馬鹿とかそういうところも好きだと、アルブレヒトが思っていれば問題はない。

もしも気付いてもシルヴィアのアルブレヒトへの愛が勝れば問題はないはずだった。

「……シルヴィア」

「……え？　あれ？」

「夫婦の間に変な事なんて何もないんだよ？」

それは嘘だと、まだ十六歳のシルヴィアには言えない。

パーティーなどで下世話で下品な話をする友人知人はいても、夜這いすら詳細を知らされていないシルヴィアに嘘か真実かを見極める事はできない。

「……アル」

「だからシルヴィアも隠し事はしないように。悲しくなっちゃうからね」

「アルっ」

目元だけをシーツから出していたシルヴィアは、まんまと騙されてアルブレヒトの腕の中に飛び込んだ。

やっぱり愛さえあれば何とかなると、シルヴィアは思っている。ぺろりとドレスを剝かれてしまったから素っ裸でアルブレヒトに抱き付いているのに危機感はない。

「騙されやすくて、お馬鹿で、可愛いねぇ……でも心配だから外に出せないね」

「え？」

「ほら、シルヴィア……口、開けて」

キスで誤魔化し有耶無耶《うやむや》にするなんて技を食らい、シルヴィアはアルブレヒトの言葉を問い質す暇がなかった。

だって凄い本気でキスされる。口の中がじりじりと疼《うず》き痺《しび》れるみたいなキスをされる。

「んっっ、んーっっ」

いつものキスは優しくて、シルヴィアに合わせてくれていたのだと知った。

痛いぐらいに舌を吸われる。時折、柔らかく噛んでくる歯にぞくりとした何かを感じ、口蓋や喉奥を擽る舌先に目の前がちかちかする。

「ふぁっっ！　あっ、はぁっ、っ」

「シルヴィア」

なのにいつものような優しい声で呼ばれて、どうしていいか解らないけどシルヴィアはアルブレヒトの目を見た。

真剣な視線に文句が言えない。苦しかったと言いたいのに、言えないから唇を噛む。

「駄目だよ。唇を噛んじゃ……」

「だ、だって」

唇をぺろりと舐められたと思ったら、優しくベッドに押し倒された。

もうシーツは剝がされている。丸めたシーツは腰の下に押し込まれ、下肢をアルブレヒトに見せ付けるような格好に恥ずかしくて目眩《めまい》を感じる。

どうしよう。なんか本気だ。アルブレヒトが本気だ。

でも何に対して本気になったのか解らなくて、シルヴィアは視線から逃げるように身を捩った。

「アルっ、この格好、イヤっ」

「すぐに気にならなくなるよ……愛してる、私の奥さん」

ひくりと、シルヴィアの動きが全部止まる。

恥ずかしい格好の事も忘れて硬直していると、恭《うやうや》しくアルブレヒトがシルヴィアの細く白い足首を掴む。

足の甲に、キスを落とされてシルヴィアは真っ赤になった。

「ええっっ!? なっ、なっ、きゃぅっっ！」

足の甲にキスされて驚いていれば、今度は足の裏にキスをされる。擽ったいのに、唇を足の裏につけたままアルブレヒトが笑うから、シルヴィアは目に涙を溜めて頭を振るしかできなかった。

薄い酷薄そうな唇が歪む。口角が持ち上がり、笑みの形を作る。うっすらと唇が開かれて、真っ赤に濡れた舌が足の裏を舐めた。

「ひっ!? なっ、やだっやだっ！」

身体の色々なところを舐められたし囓られたけど、足の裏なんて弄られなかったからシルヴィアは頭を振る。

擽ったい。笑いが出そうなぐらいに擽ったいのに、どうして全身がじわりと熱くなるのだろう。びりびりとした感覚に身を捩って逃げたいけど、アルブレヒトに足首を掴まれているだけで逃げられなかった。

「やっやっ、アルっ、それっ、やだぁあっ！」

足の指を一本一本丁寧にしゃぶられる。酷く擽ったいのに酷く気持ちイイ。

どうしよう。おかしい。こんなの変だ。絶対におかしい。

でも、アルブレヒトという存在を、快楽を、仕込まれた身体は可哀想なぐらいに反応して蜜液を零した。

「やだぁっ……あっ、やぁっ」

踵を囓られ踝を舐められ、アルブレヒトの唇はどんどん上がってくる。

脹脛を擽るように舐め膝の裏にキスされると、とろりと蜜液が零れるのが解る。

こんなのおかしい。そう思うのに身体は疼き熱を持ち、シルヴィアは切ない息を吐いてアルブレヒトを求めた。

「アルっ、やだっ、も、やだぁっ」

身を捩り足をバタつかせれば、くちゅりと濡れた音がする。自分がいつになく濡れているのが解るから、恥ずかしくて恥ずかしくて死にそうになる。

だって、こんな事で。こんな事で感じているなんて恥ずかしい。

「……ああ、本当にとろとろだねぇ」

「っっ⁉」

びしょびしょに濡れた陰部を見られ、足の付け根にキスされて、シルヴィアは全身を真っ赤に染めてアルブレヒトを睨み付けた。

酷い。こんな風に濡れる身体にしたのは誰なのか。でも楽しそうな笑みを浮かべるアルブレヒトにシルヴィアは唇を尖らせる。

「誰のっ、せいだとっ」

「私のせいだよ。シルヴィアが足を舐められて濡らすのも私のせい」

「きゃぁうっっ⁉」

触られてないのに赤く主張する突起を舐められて、シルヴィアは目の前に火花が散る程の快楽を感じた。

今まで焦らされていたせいだろう。軽く達して全身が震える。

「あっ、あっ、やぁあっ、アルっアルっ！」

ちゅっと突起にキスされると、蜜液がぷしゅっと噴き出すのが解った。

ひくひくと不安定に揺れる脚が痙攣する。腰の下に丸めたシーツがあるから下肢が浮いていて、脚を開かされていても爪先はマットレスを蹴る事すらできない。

「あ、アルっ……んんっ」

「……大丈夫、ゆっくりするから、力を抜いて」

まだ痙攣している媚肉を開き、アルブレヒトの性器がシルヴィアの中に入り込んだ。

慣れている。慣らされた。アルブレヒトの熱さと硬さにシルヴィアの身体は慣れている。

「んーっ、ふぁっ、あるっ」

「そう、いい子……」

ゆっくり腰を揺らしながらアルブレヒトがシルヴィアの身体の奥まで入ってきた。

腹の中が重くて熱い。何かが入っていると解る感覚は最近覚えた。それまでは痛いのと気持ちイイのとで、頭の中がぐちゃぐちゃになっていたから気付けない。

でも、今は解る。

身体の中にアルブレヒトがいるのが嬉しくて、シルヴィアはへにょりと笑った。

「そんな可愛い顔して……気持ち良いのかな?」

「ん、きもち、いい」

ひくりと腹が痙攣するのが解る。ただ入れられているだけなのに酷く気持ち良くて、シルヴィアはうっとりした顔を晒《さら》す。

この熱くて硬いモノが自分を乱す。アルブレヒトの少し苦しそうな顔と、切羽詰まった声がシルヴィアを気持ち良くする。

「ある……ゆっくり、が、いい」

「……こう？」

「あ、あ、あっ」

シルヴィアが頼んだ通りに、アルブレヒトは震える膝裏を持ち上げゆっくりと動き出した。

内壁が擦れる感覚に肌が粟立《あわだ》つ。ぞくぞくとした快楽は緩く鈍く、まだ余裕のあるアルブレヒトの顔を見る事だってできる。

「ん、あっ、んーっっ」

「シルヴィアは……奥が、好きなんだよね？」

「ふぁ……ん、んっ、アルっ」

ゆっくり引き抜き、ゆっくり埋める。

でも膝裏から腰に掴む手を変えたアルブレヒトは、奥の奥を目指してシルヴィアを見つめていた。

「苦しい？」

「ひゃっ、あっ、くるしく、なっ、やぁあっっ」

とんとんと、奥の奥を叩かれてシルヴィアは頭を振る。

苦しくないけど、それは怖い。入っちゃいけない場所まで犯されそうで、無意識に身体に力が入ってしまい結果アルブレヒトを締め付けた。

絞るように絡みつく内壁にアルブレヒトも小さく息を吐く。その音がイヤラシイと、シルヴィアは思う。

「だめっ、だっ、だめぇっ」

「こんなに喜んで痙攣してるのに？」

「だっ、こわっ、あるっ、あるっっ」

激しい動きじゃない。長いストロークではなく奥を叩くだけの小さな動きなのに、シルヴィアの中は快楽に戸惑い痙攣する。

怖い。だって、落ちる。

溺れた人のように腕を伸ばし、腰を摑んでいるアルブレヒトの腕に爪を立てた。

「や、やっ、だめっ、こわいっ、こわいっ」

「……凄い、ね……いいよ、イってごらん……」

奥を開くようにアルブレヒトは腰を回す。もっと中に入れろというように、アルブレヒトが奥の奥を優しく突いてくる。

どうしよう。頭の中が真っ白になる。

怖いからシルヴィアは脚をアルブレヒトの腰に巻き付け、快楽と涙を飛ばすように頭を振った。

「ひっ、ぁあっ、あっ、も、はいらなっ、はいんないっ」

「っく……こらこら、締め付けないの……もっていかれるところだったよ」

「だっ、めっ、あっ、うそ、やだっ、やぁあっ！」

ぬくりと、奥の奥が開いたような気がする。

その瞬間に、シルヴィアは絶頂に達しアルブレヒトをきゅうっと締め付ける。

「ぃあっっ！　あぁあっっ⁉」

酷く最奥にアルブレヒトの精を感じ、シルヴィアは何度も痙攣しながら達した。

ひくひくと身体が震える。脚はアルブレヒトの腰を撫でるように揺れ、声にならない悲鳴を息と一緒に吐き出す。

「……シルヴィア」

「やぁっ、ま、まだ、だめっ、だめぇっ」

優しく掴んでいる腰を撫でるアルブレヒトの腕を引っかく。

だってまだ感じる。怖いぐらいに感じている。小さな絶頂が続く恐怖に怯《おび》え、泣き出したシルヴィアの頬をアルブレヒトは舐めた。

「そんなに……感じちゃった？」

「んぁ、あ、や、ある、やぁ」

「可愛い……シルヴィア、舌、出して」

何も考えられないから素直に、震える舌を唇から出せばアルブレヒトに食べられる。ちゅっと舌先を吸われて、それから飲み込まれてしまう。

「んぅう、ん、んんっ」

キスは、慣れた。息が整わない内に唇を塞がれても、少し苦しいけど慣れたから息はできる。

でも何より、優しく宥めるようなキスに、シルヴィアの痙攣が治まっていった。

「ふぁ……あぅ、ある」

「うん、ここにいるよ」

頬を撫でられ、唇で遊ぶようなキスをされる。唇を合わせたまま喋ると擽ったいなんて、アルブレヒトが教えたんだとシルヴィアは目を閉じる。

気持ち良い。優しいキスと、宥める掌に肌を撫でられ、溶けそうな気がする。

だけどなんとなく違和感を感じて、シルヴィアは目を開いた。

「……ある？」

「うん」

少しだけ、体勢が辛い。

まだ腰の下には丸めたシーツが入っているから、腰が浮いていて脚が宙を掻く。

「あ、ある？　アル、腰、痛い」

痛いというよりは怠いだけど、眉を寄せてアルブレヒトを睨めば清々しい笑顔を向けられてしまった。

なんだろう。凄く嫌な予感がする。

「……アル？」

「駄目、まだこのままだよ」

にぃっと意地悪く笑ったアルブレヒトに、シルヴィアの身体がふるりと震えた。

「……な、なんで？」

腰が怠いのも辛いけど、どうしてまだ中に入ったままなんだろう。

いつもだったらすぐに抜いて腰をシーツに下ろしてくれて、ひりつく喉の為に飲み物をくれるのにと、シルヴィアはアルブレヒトを見つめる。

「まずは子供を作って、シルヴィアが遊びに行けない状況を作らないとね」

「え？　なに？　アル」

「シルヴィアとの子供は可愛いだろうなって」

まだ頭の中がとろとろに溶けているせいか、シルヴィアはアルブレヒトの声をちゃんと拾えなかった。

ただ、アルブレヒトが腰を掴んだまま離してくれない。下肢が宙に浮いたような状態が不安定で、少し辛くなってくる。

「……えっと、あの、アル？」

「うん」

「……その、あの、ぬ、抜いて？」

だって身体は溶けたままだ。身体の奥に熾火《おきび》があって、ちょっとした動きで煽《あお》られそうな気がする。

だからシルヴィアは身を捩る事もできずに、アルブレヒトに懇願《こんがん》するしかなかった。

「アル？」

「だーめ」

「……え？」

どうしよう。どうすればいいだろうか。どうしよう。

にこにこ笑っているアルブレヒトはシルヴィアの唇を啄んでいる。腰を押さえていた手は、腰を撫でるように動いている。

ゆるりとアルブレヒトが動いて、シルヴィアは肌が粟立った。

「ひっ!?　あ、アルっ」

「このまま私のを零さないでもう一回、上手にできたら許してあげるよ」

「やっ、え？　こ、このまま？　う、うそっ」

ぷちゅりと繋がっている箇所から濡れた音が聞こえる。閉じようとしていた内壁を広げられ、身体の中で育つアルブレヒトを感じてしまう。

「だめっ、おっきく、しないっ、んぁあっ！」

本当に駄目だ。絶対に駄目だ。こんな感じたまま、もう一回だなんて死んじゃう。

だって何かおかしい。身体がピリピリしている。指先まで痺れているような、身体の芯が疼いているような、兎に角ヤバイ。

だからアルブレヒトから逃げようと身を捩ったシルヴィアは、大きな掌に腰を掴まれた。

「ひっ！　あっ、やぁあっっ！」

「……逃げちゃ駄目だよ。逃げたら、酷い事をしたくなるからね」

いきなり最奥を突かれて、シルヴィアは必死で頭を縦に振る。

だって駄目。そこは駄目だ。怖いぐらいに感じるから駄目なのに、逃げたお仕置きだとか言うアルブレヒトはシルヴィアの腰を掴んで小さく動いていた。

「にげなっ、からっ、あっ、アルっ、だめぇっ」

「可愛いシルヴィア……もう、逃がさないって言ったよ？」

いやらしく響く掠れたアルブレヒトの声がシルヴィアの耳を犯す。

もう、何も考えられない。ただ、酷くするのも、助けてくれるのも、アルブレヒトだと、シルヴィアは背に爪を立てた。

婚約式を挙げ教会で誓い、司祭に認められてから世間に告知する。二人が正式に婚約したと知らしめる期間が四十日で、近隣諸国にお披露目して認めてもらわなければならない。パーティーに招いたり招かれたり、個人的に会いにくる国や親類の知人に対応する。

「……まぁ、無理だと思ってんだけどね」

「仕方がありませんよ、シルヴィア様。アルブレヒト様はお忙しい方ですし」

まだ婚約式から四十日は経ってないが、既にシルヴィアとアルブレヒトは別居生活も同じだった。

もちろんアルブレヒトが頑張っているのは解っている。ほんの少しの時間を見つけてはアメルハウザー城に来てくれるけど、夜は騎士団の宿舎に泊まってしまう。

「四十日間ずぅっととか言わないけど……もうちょっとぐらい」

騎士団爆発しろと、心の中で思ってしまうシルヴィアは少しやさぐれていた。

婚約式前の一週間に、それから婚約式後の五日間。シルヴィアがアルブレヒトを独占できたのは十二日間でしかない。

それはもう濃度の高い蜜月というか軟禁生活だったけど、何の不自由もなかったし誰にも会えなくてもアルブレヒトと二人きりというだけで幸せだった。

「それにしても、本当にお部屋から出てきませんでしたね？」

「アルブレヒト様が……二人きりがいいってっ」

きゃーと、シルヴィアとクラウディアは黄色いんだかピンクいんだか解らない声を上げる。やだー甘いーと、刺繍をする手を止めて二人でキャーキャー言う。

きっとアルブレヒトやレオンハルトが見たら、何をしているのかと不思議に思うだろう。

一体どこからその声は出ているのかと、夫二人は妻二人の頭を調べると思う。

だが、夫二人がどんなに調べても、この黄色い叫びが照れ隠しだと気付かないと断言できた。

一応、アルブレヒトやレオンハルトと比べたら、シルヴィアやクラウディアには恥ずかしいとか恥ずかしいとかの羞恥心がある。

「誰にも見せたくないとかっ」

「きゃーっ恥ずかしいっ」

「自分だけを見て欲しいとかっ」

「やーっ甘いっ」

羞恥心はあるけど自慢したいのが乙女心というヤツだろう。

好きなのだから嬉しいし幸せだけど、恥ずかしいものは恥ずかしい。しかし恥ずかしいんだけど、聞いて欲しい。そんな心がシルヴィアとクラウディアを大胆にする。

「……もう、軟禁でいいから甘い生活戻ってこないかな～」

「……シルヴィア様、それでも軟禁はまずいですって」

「……クラウディアお義姉様は、レオンハルトお兄様と毎日一緒だから軟禁まずいとか言えるんですよ……なんでアルはお兄様より忙しいんだろう……」

シルヴィアは溜め息を吐いて、心配そうな目をしているクラウディアに苦笑した。

自分でも末期症状だとは思う。軟禁でもいいとか言っちゃうのはまずいと解っていても、もう一緒に寝られなくて三日も経っているから愚痴《ぐち》りたくもなった。

確かに騎士団は軍務隊長であるアルブレヒトがメインで動かしているのだろう。

騎士団総長であるシルヴィアの父アメルハウザー王国次期国王のフュルヒテゴットや、副総長である上の兄のアンゼルムは王国の政が優先になるらしい。まだレオンハルトは軽騎司令官に就任していないからアルブレヒトに負担がいくのは解るが、それでも限度があると思う。

もう少しすれば落ち着くと、アルブレヒトは言っていた。

結婚式が終われば名実ともにアメルハウザー家の人間となるから、それまでに色々と片付けないといけない事があるらしい。

「いいなぁ、クラウディアお義姉様。レオンハルトお兄様と毎日一緒で」

「……えっと……自分がするとなると、意外と疲れませんか？　イチャイチャ」

難しい事は考えない。それがシルヴィアが今回の婚約で得た教訓だった。

騎士団の事はおいおい学んでいけばいい。解らなければ、不安ならば、アルブレヒトに直接聞けば良かったのだと気付く。

なので、今のシルヴィアの最優先事項は、アルブレヒトのいない時間をどう過ごすかという簡単な話だった。

「疲れないー、抱っこで移動してご飯食べさせてもらって飲み物も飲ませてもらって着替えからお風呂まで全部アルにしてもらって疲れないー」

「え？　え？　さ、さすがに私はそこまで……」

真っ赤になって俯いてしまったクラウディアに、シルヴィアは遠くを見つめながら自《じ》嘲《ちょう》する。

別にクラウディアに何か含むところがある訳ではない。どちらかというと感謝だってしているし、クラウディアがいてくれて良かったと思っている。

でも、でも、自慢というか愚痴というか何というかを言えるのもクラウディアだけなので、シルヴィアは心の中でゴメンナサイと言いながら話を続けた。

「アルがぜーんぶやってくれちゃうのは、二十三歳差のせいだと思います」

「え？　あ、そうでしたね」

「それと、危なっかしいらしいです……私」

「え？」

愚痴というか、傷口に塩と辛子というか、自虐ネタで暴露したくなる時もある。

だって恥ずかし過ぎて自分の胸に秘めておけない。誰にも言いたくないけど、誰かに聞いてもらって一緒に叫んでもらいたい。

「すぐに転ぶし目を離すと怖いらしいですよ、何をするか解らなくて」

実はほんの少しだけ、否定だってして欲しかった。

びっくりした目をしているクラウディアに、シルヴィアは安心する。嘘～とか小さな声で囁いてくれるから、そうだよね～と返したくなる。

「……えっと、私、一年ぐらいシルヴィア様と一緒にいますけど……そんなに転んでましたっけ？」

「私もアルに言われて考えてみたんです……」

しかし、事実は事実で、残酷な現実だった。

なんとなく覚えているのは、アルブレヒトに激突して鼻血を出した事だろうか。アルブレヒトに近寄りたくて、脚が長くて歩くのが速いから追いつこうと必死で、そのせいでよく転ぶ子になっていたと思い出す。

ちなみにバルコニーから飛び降りたのは全然覚えていない。馬に蹴られそうになったのも覚えていないのだが、鼻血だけで充分にダメージがある。

思い出さなければ良かったと思うぐらい、シルヴィアはアルブレヒトの前だけで迂闊で粗忽でドジっ子だった。

「全部は思い出せなかったんですけど……二階のバルコニーから乗り出して落ちたのが三回で、アルの周りをちょこまか動いて馬に蹴られそうになったのが五回。何もないところで転んだ回数は数えられないし、アルに体当たりというか飛び込んで鼻血を出した回数も二桁に上るって……」

「え？　ちょっと、意味が解らないんですけど？　え？」

物凄くびっくりしてくれたクラウディアに、シルヴィアも自分の事ながらびっくりしたんだと自嘲というより後悔した。

よくもまぁ、これで嫌われなかったものだと思う。

アルブレヒトの心の広さに感謝しないといけないような気がする。

「追いかけて焦って転ぶんですよね……しかもアルはアルで、『振り向きダッシュで転ぶのを阻止抱っこ』が鍛えられたらしくて」

「……ああ、実際には転ばないから覚えてなかった？」

「抱っこの記憶が強烈なんですよね～」

自分でも自分に呆れているので、シルヴィアが呆れたように言えばクラウディアは困った顔をした。

　こんな事を聞かされるクラウディアには申し訳ないとは思う。しかし転んでいた自分が一番恥ずかしい。大好きな人に鼻血を出した顔を二桁も見られていただなんて、過去の記憶を海の底に沈めてしまいたいとさえ思う。

「アルの傍にいると気を抜いているせいだと思うんですけど……クラウディアお義姉様は、転ばないですよね？」

「そうですね……あまり、転んだ記憶は……」

「ですよね～！　十六にもなって転びっぱなしとか～！」

　情けないを通り越して自虐的に笑ってみせれば、何故かクラウディアが慌ててよく解らないフォローをしだした。

　あわあわと気を遣ってくれているのは解る。解るのだが内容が解らない。

「あ、でもっ、でもっ、私はシルヴィア様と違って運動神経が皆無なので、二階のバルコニーから脱出とか無理なので」

「……え？　なんで二階からわざわざ？」

「正面から突破できないと思って……逃げるなら二階かなって……その前に城門まで辿り着けないんですけどね……」

「脱出とか突破とか……レオンハルトお兄様が卒倒しそうなんで止めて……」

どうして脱出なのか突破なのか二階なのか解らないけど、慰めてもらえて嬉しいからシルヴィアはクラウディアに微笑んだ。

少しでも落ち込めば助けてくれる人がいる。もうそれだけで充分じゃないかと自分を納得させる。

「クラウディアお義姉様……ありがとうございます」

「え？　そ、そんな、何もできないですし……」

「私もクラウディアお義姉様を見習って、お淑《しと》やかで嫋《たお》やかな貴婦人を……」

目指すと言おうとした時、部屋の扉が開いた。

持っていた刺繍の布と針を放り投げる。ソファから立ち上がって駆け出せば、裾を持ち上げるのを忘れていたと思い出す。

お約束のように裾を踏んづけて転びそうになって、いっそ優雅といえるような所作で転ぶシルヴィアをアルブレヒトが掬《すく》い上げた。

「……熱烈な歓迎ありがとう、シルヴィア」

「アル！　お仕事終わった？」

「凄い……本当に転ぶ前に抱っこだった……」

一連の流れを見ていたクラウディアが、感心というか感動した風に言う。

だってコレは流れだった。シルヴィアが転びそうになってアルブレヒトが助けて抱っこまでが、当たり前に行われている。

しかもシルヴィアを抱っこしたままのアルブレヒトが華麗な仕草でお辞儀まですれば、クラウディアは吃驚より前に感嘆《かんたん》の溜め息を吐いた。

「ご機嫌よう。クラウディア様」

「……あ、お仕事、お疲れ様でした。アルブレヒト様」

「そんなにびっくりしたかな？　目が丸くなっているよ」

「いえ、えっと、その……お二人共、まったく動揺してなかったので、ちょっと感動していました」

まるで転びそうになって抱き留められて抱っこというのが当たり前に見えると、クラウディアが本気の本気で感動しているからシルヴィアは赤くなる。

実際に当たり前の日常になっているので反論はできないが、アルブレヒトに抱っこされているシルヴィアは反論などどうでもいい。

「転びそうになって慌てないシルヴィア様と、目の前で転ばれそうになって慌てないアルブレヒト様が……その、軽業師もびっくりですね！」

「ほぼ十六年間だからね。鍛えられたよ」

「アルブレヒト様の前だったら転びそうになっても問題ないって身体に刻まれているみたいです！」

「それはそれは……少しぐらい気を付けて欲しいかな」

諦めているけど諦め切れない、そんな顔をするアルブレヒトにシルヴィアはしょぼんと顔を俯かせた。

アルブレヒトを困らせている。いつもだよねとか、日常だよねとか、予定調和とか言ってはいけない。一応アルブレヒトが困った顔をすれば、シルヴィアだって反省する。

「あ、あの！　アルブレヒト様、えっと、シルヴィア様はアルブレヒト様の前だけで転ぶみたいです！　一年ぐらい一緒に生活させていただいてますけど、シルヴィア様が転ぶなんて、運動神経いいのにって不思議なぐらいです！」

「あれ？　そうなの？」

「……うう、はい。なんか、癖《くせ》に」

助けてもらった体勢のまま俯いていれば、アルブレヒトが片手を離してシルヴィアの頬を撫でた。

それはそれは嬉しそうな幸せそうな蕩けそうな甘くて胸焼けしそうな顔だったと、後にクラウディアは語る事になる。それを聞いたレオンハルトがクラウディアに抱き付いて、怖いそんな顔見たくない怖い一騎打ちで相手をボコってる時と同じだと言ったとか言わないとか。そんな兄夫婦をシルヴィアは知らない。

「それなら簡単だね」

「え？」

「やっぱりずっと抱っこしていればいい。この方が安心だ」

きゃーとか甘いーとか、クラウディアと一緒に茶化せないシルヴィアは赤くなるしかできなかった。

さっきまで思いっきり茶化して恥ずかしさを誤魔化していたから、余計に羞恥が伸しかかってくる。恥ずかしさも一定限度を超えると冷や汗が出るのだと知ってしまう。

「……それとも、部屋から出さないで甘やかそうか？」

しかも甘く囁いてくれちゃうから、シルヴィアは思わず頷いていた。

だが、さすがにまずいだろうと、見ていたクラウディアは慌てる。だって甘く囁く感じの睦言《むつごと》に近いような気がしないでもないが、それは簡単に言うと監禁とか軟禁とかではないのかとクラウディアはアルブレヒトに叫んだ。

「ああああアルブレヒトさまっそれは軟禁です笑顔で言う事ではありませんっ」

「ずっとアルといられるなら、それでもいいかな～」

「だだだだだ駄目っ犯罪駄目っシルヴィアさまっ正気に戻っててっ」

クラウディアの一般的な常識論が炸裂するが、馬鹿っぷるには通用しない。むしろ通用すれば馬鹿っぷるではないだろう。馬鹿っぷるとはそういう生き物だ。

「クラウディア様、シルヴィアを持ち帰ってもいいかな？」

「お持ち帰りですかっ⁉」

「うん。お持ち帰りで」

にこやかに笑って言うアルブレヒトに、シルヴィアはいってきます～とご機嫌だった。

なのでクラウディアに残された道は一つしかない。諦めという達観した境地で見送るしかない。

うきうきと部屋を出ていったシルヴィアとアルブレヒトに、クラウディアは力なく手を振っておいた。

「私もレオンに一日だけ軟禁されてみようかしら……」

馬鹿っぷるは伝染する。

より酷い方へ伝染する。

そんな知りたくもない事実を、クラウディアの呟《つぶや》きで教えられた。

第六章　熱愛を告白されて

まだ太陽が出ている麗《うら》らかな午後。

呆然としながら手を振ってくれたクラウディアを部屋に残して、当たり前に自然な感じでシルヴィアはアルブレヒトに抱っこされて廊下を移動していた。

「それで、お仕事は終わったんですか？」

「終わってはいないけどね。今日はこっちで寝られるよ」

「わぁい！」

いつもと同じで腿を抱えられる抱っこだから、シルヴィアはアルブレヒトの首に腕を回してぎゅっとする。

まだ仕事が終わっていないというなら、これから仕事なのだろうか。それとも今日の仕事は終わりで、明日はアメルハウザー城の部屋に帰れないという事なのだろうか。

解らないから首を傾げ、にこにこと笑っているアルブレヒトに聞く。

「今日のお仕事は？」

「うん、今日は終わり。でも明日はこっちに帰ってこられるか解らないかな」

「……それは……残念です……お仕事お疲れ様です……」

今日は一緒にいられるけど明日は一人と、シルヴィアががっくりしていればアルブレヒトが宥めるようなキスをくれた。

自分が手伝えないのがもどかしい。騎士団でも訓練や戦いとは違う事務的な仕事ならば、シルヴィアも少しぐらい手伝えるようになりたい。

だってアルブレヒトは自分の為に忙しくなって、自分の為に時間を空けてくれていた。

婚約式前のような恐ろしい目の下の隈はないけど、それでも今までよりは疲れているような顔をしている。

これ以上、我が儘を言っては駄目だ。

少しぐらい自分から何かしてあげないと駄目だ。

そんな事をシルヴィアが決意したというのに、アルブレヒトは笑いながらストロベリーブロンドにキスをした。

「大きなお風呂、入ろうか？」

「え？」

「ずっと入りたがっていたよね」

ぱぁああっと、シルヴィアの顔が輝く。それはもう物凄くイイ笑顔でアルブレヒトを見つめる。

「その代わり、シルヴィアは何もしちゃ駄目だよ」

「え？　何もしちゃ駄目って……」

「仕事でねぇ、疲れててねぇ、癒《い》やされたいんだよねぇ」

ぽつりぽつりと本音だろう言葉を零すアルブレヒトに、シルヴィアの笑顔は更に輝きを増した。

これはもう凄いぐらいの笑顔でアルブレヒトを見る。何もしちゃ駄目と言われたばかりだというのに、何をすればいいのかとアルブレヒトを見ている。

「どうすればいいんですか？」

「シルヴィアの世話をして癒やされたいな」

「…………………え？　それ、癒やされますか？」

本気の本気で意味が解らないと、首を傾げたシルヴィアはアルブレヒトを見つめた。

癒やされたいから、世話をする。世話をして、癒やされたい。そうすると世話をすると癒やされるというのだろうか。そんな馬鹿な。

軟禁ラブラブ生活で充分しっかりバッチリ世話を焼かれていたシルヴィアは、はっきり言ってアルブレヒトに申し訳ないと思っていた。

慣れない夫婦関係のせいで身体が動かないという言い訳はあっても、オハヨウからオヤスミまで世話をされたら悪いと思うに決まっている。もう子供じゃない。十六歳になるのだからさすがにどうかと思う。

「癒やされないですよね？　え？　私がお仕事で疲れているアルの世話をするなら解るんですけど？」

アルブレヒトの世話ならしてみたいと思うが、どう考えても体格差的に無理っぽいとシルヴィアだって気付いていた。

まず抱っこというか、おんぶも無理だろう。むしろ床を引きずる事すら無理っぽい。でも食事だとか飲み物だとかは、零す事を前提にすれば大丈夫そうな気がする。寝る時に子守歌を歌ってみるとかどうだろう。風呂に入ったら背中を流してあげたり、頭を洗ってあげたりとか楽しそうだと思う。

ちょっと楽しくなってきたシルヴィアは、もしかしてとアルブレヒトを見つめた。

「……お世話するの……い、癒やされる？」

「うん。癒やされるよねぇ」

そうか。そうか。確かに癒やされそうな気がしないでもない。

でも想像しただけでも、する方は恥ずかしくないけど、される方は恥ずかしいような気がする。

全てを委《ゆだ》ねるというのは、恥ずかしくて申し訳なくて恥ずかしい。

そんな事を考えていれば、アルブレヒトは真っすぐに大きな風呂の部屋へ向かっていった。

「準備万端過ぎ……」

「シルヴィアを迎えに行く前に頼んでおいただけだよ」

既に湯気が立ち籠める部屋に入って、シルヴィアはタオルにガウンにと全てが用意されているのに気付く。

しかも湯船の脇には飲み物の用意までされていて、アルブレヒトの世話をして癒やされる立場になるにはハードルが馬鹿高いと知る。

「飲み物まで……」

「うん。たまにはゆっくりするのもいいかなってね……はい、万歳」

てきぱきとベルトに靴下に靴下留めをアルブレヒトの手が外して、シルヴィアが腕を上げればすぽりとアンダードレスごと脱がされてしまった。

凄い。手際が良いとかの域を越えている。

騎士らしく剣を槍を手綱を握る手だからか、アルブレヒトの指は長く節が太い。大きな手なのにちまちま動いて器用に髪留めまで外していく。

びっくりしている間にアルブレヒトが早業で自分の服を脱ぐから、シルヴィアは思わず見つめてしまった。

「えっち」

「えっ、えっちじゃないし！　アルの身体カッコイイとか思ってないし！」

じろじろと見つめていたのがバレたのか、アルブレヒトが笑って腕を伸ばしてくる。

陽に焼けた肌に引き攣れた傷痕。伸ばされた腕に素直に身体を預ければ、軽々と抱き上げられてしまう。

いつもと同じ腿を抱える抱っこだから、シルヴィアは気になってアルブレヒトの背を覗き込んだ。

「……どうしたの？」

「ううん……背中には傷痕がないんだなって……」

「そりゃぁ、ねぇ」

くつくつと喉の奥で笑ったアルブレヒトにシルヴィアは首を傾げる。

不思議に思って聞けば、背中を取られる事も背中を見せて逃亡する事も騎士としての恥だと教えてくれる。

そういうものなのか。シルヴィアは騎士の事を何も知らない。

「もう泳がないのかな？　シルヴィア」

「……お、泳いでたのは随分と子供まで！　子供じゃないから泳ぎませんっ」

「そうなの？　泳いだら綺麗だろうなって楽しみにしていたのに」

いつもは膝の上に座らされるのに、湯の中で膝から下ろされたからおかしいと思っていたと、シルヴィアはアルブレヒトを睨み付けた。

よく考えなくても、この湯の中で泳いだら何もかもが見えてしまうだろう。太陽の明かりで眩しいから、隠す事なんてできそうにない。

なのに笑うアルブレヒトは湯の中でシルヴィアから距離を取り、両腕を広げて楽しそうに囁いた。

「おいで」

「っっ……恥ずかしいっ恥ずかしいですよっ」

癒やされたいな～とか言うアルブレヒトにシルヴィアが逆らえる訳もない。でも子供の頃とは違って湯は浅いから、どうやれば泳げるのかとシルヴィアは湯に浸かる。

昔はもっと深くて泳いでも膝とか当たらなかった。ばしゃりと湯を跳ね上げても床に足はつかなかった。

今の身体で泳ごうとすれば、湯に浮くぐらいしかできないのではないのかと、とりあえずシルヴィアは湯に浮いてみた。

「……可愛い、お尻」

「つっ!?　ぶひゅっつっ！」

「シルヴィア？」

聞きたくなかった言葉がアルブレヒトから零れたせいで、シルヴィアは浅い湯の中で溺れそうになる。顔まで湯に浸かって沈みそうになるところをアルブレヒトの腕に救われる。

「……泳ぐところが見たかったんであって、溺れるところが見たかった訳ではないよ」

「けほっ、アルがっ、へっ、変な事を言うからっ」

「ん？　だって可愛いお尻じゃない」

つるりと尻を撫でられてから、安定定番の膝の上に座らされて、シルヴィアはアルブレヒトの頭をぽかりと叩いた。

そりゃぁ、もう全部見られているし色々とむにゃむにゃだけど、それとこれとは違う。恥ずかしいものは恥ずかしいし、エロい空気が出てない時に言われると恥ずかしさが倍増するような気がする。

「でも、やっぱりシルヴィアは腕の中から出しちゃ駄目だねぇ」

「……なんか反論したい気がするんですけど、なんかなんか、私もアルの腕の中にいた方が安全な気がする」

アルブレヒトの膝の上に座って背を胸に凭れかけさせ、シルヴィアはまったりと目を閉じた。

安全だし安心だし幸せだと思う。無意識に身体の力が抜けて、シルヴィアはアルブレヒトの胸に全身を預ける。

温い幸せに小さな息を吐けば、大きな手が濡れた髪を掻き上げてくれた。

「幸せそうな顔をするね」

「……だってアルがいるし」

「うん」

湯の中に沈んだ時に乱れた髪を直してくれる。顔にかかった髪は掻き上げ、耳にかけてくれる指は優しい。

幸せだ。だってアルブレヒトと結婚できる。子供の頃から当たり前だと思っていたけど、本当に婚約式を挙げたのだとようやく実感できた。

「……なんで、こんなにアルのこと、好きなのかなぁ」

「刷り込みじゃないのかな？」

「すりこみ？」

温かい湯と柔らかく撫でてくれる手に、ほにゃりと思考を蕩けさせていたシルヴィアはアルブレヒトの声を聞く。

だって普段とは違う。大きな風呂のあるこの部屋は声も音も反響して、不思議な音になって耳に届く。

「赤ん坊の時に、アルブレヒトと結婚する、って言われたから」

「ん～、違うかなぁ……最初はアルが私を大人扱いしてくれるのが嬉しかったし、なんか失礼だけど誰にもあげたくない玩具だと思ってたし……でも、周りの大人達を見てたら悔しくなって……」

「どうして悔しくなった？」

腕を撫でる手に、肩に湯をかけてくれる手に、髪を梳く手に、頬を擽る手に、シルヴィアは擽ったい感じがして首を竦めた。

アルブレヒトを好きだったけど、切っ掛けはない。

どうしてか、ずっとずっと好きだった。

「本当の大人の方がアルにお似合いだと思ったし、こんなに私が頑張っているのに大人ってだけで取られたくなくて、婚約者だとか言われてたけど相応しくないし」

「……………」

「でも婚約者なんだからとか、私のアルなんだとか、我が儘言って聞いてもらえると嬉しくて、でも我が儘ばっかり言うと嫌われるって怖かったし」

「………………」

「十二歳の時にアルに怪我させて……これじゃ本当に嫌われちゃうって思って頑張ってみたんだけど、レオンハルトお兄様も婚約したんだから私もいいよねって勝負賭けようとか思ってみて」

ぽそぽそと今までの事を意味もなく暴露してみれば、アルブレヒトの声が聞こえてこないとシルヴィアは振り向いた。

口元を押さえているアルブレヒトは珍しい。しかも顔が赤くなっているのも物凄く珍しい。何より困ったような嬉しいような複雑な顔をしているアルブレヒトに、シルヴィアは首を傾げた。

「……凄い、情熱的な告白を、ありがとう」

「え？」

言われて気付く。自分が何を言ったのか、ずっとずっと好きだったと言っているだけだと気付いて赤くなる。

じわじわと耳まで赤くなっていくのが解って、じりじりと指先までも赤くなっていくのが解った。

「うわぁあああん！」

「こら、逃げないの」

「忘れてぇえええええ」

「……本当にずっと好きでいてくれたんだなって嬉しいから」

膝の上から逃げようとしたけど、あっという間に長い腕に捕まる。当然のように膝の上に戻されて、髪を頬をわしわし撫でられてシルヴィアは黙るしかない。

それでもじたじたと暴れていれば、顔中に触れるだけのキスが降ってきた。

「ああ、もう、可愛いね、シルヴィア」

「アルは？　アルも恥ずかしい告白してよぉ！」

「アル？」

嬉しくて幸せで、でも恐ろしく恥ずかしいからキスから顔を背けて逃げようとする。

逃げられないと解っているから、逃げてみる。追いかけてきてくれると解っているから、腕の中から離れようとする。

「そうだね……シルヴィアが生まれた時から知っているけど」

「けど？」

「二階のバルコニーから降ってきた時には、天使が落ちてきたと思ったよ」

「なにそれっなにそれっ！」

「頻繁に転んで鼻血を出しているから、これは嫁の貰い手がなければ貰ってあげようってね、自分に言い訳するぐらい好きだったよ」

欲しくても手が届かないからね、辺境伯の身分すら捨てた自分に王族はキツイ、しかも二十三歳も年下だ、と。

優しく言うからシルヴィアは唇を噛んでアルブレヒトを睨んだ。

「アルだけだったんだから、この婚約に反対だったの」

「私だけが冷静だったんだよ」

「もっと簡単に考えてくれたら……もっと簡単にアルと結婚できたのに」

「そうだね。まぁ、もう逃がしてあげないけどね」

にっこりと笑うアルブレヒトに、シルヴィアは眉を寄せる。

そんなのコッチの台詞だ。誰が逃がしてやるものか。もしもアルブレヒトが逃げようとするなら、今度こそ身分という最後の切り札を使ってやると思う。

自分とアルブレヒトの結婚は、もっと単純でひどく簡単だったんだとシルヴィアは唇を尖らせた。

エピローグ　いちゃいちゃの日々♥

「……カードで勝負、夜這い、シルヴィアは積極的だったよね」

「……ずっとずっと子供の頃から好きだったんだからいいじゃないですか」

ゆったりとしたドレスに身を包んでいるシルヴィアは、いつものようにアルブレヒトの膝の上でまったりと過ごす。

背もたれはアルブレヒトの胸で、頬を優しく撫でてくれる手までついてくる。

幸せだった。

凄く凄く幸せで甘い日々が嬉しい。

「本当に子供の頃から見ているけど……他に気になる殿方はいなかったのかな？」

「いーまーせーん」

可愛らしい頬をぷくりと膨らませて、シルヴィアはアルブレヒトを睨み付けた。

怒ってるんだと言っている瞳に、アルブレヒトは膨らんだ頬にキスを落とす。眉間にできた皺を指の腹で直すアルブレヒトは優しい顔をしている。

囁くように二人が笑い合っていると、目の前から臓器《ぞうき》を吐き出すような溜め息が聞こえてきた。

「……アルブレヒトってさ、そんな性格だったの？」

「レ、レオン……そんな喧嘩《けんか》腰《ごし》じゃなくても……」

おろおろするクラウディアの腰を抱え直したレオンハルトに睨まれて、アルブレヒトは同じく膝の上に乗せたシルヴィアを撫でる。

各自、自分の妻に対しての手つきは優しい。

「そんな性格と言われましてもね。本気になった貴婦人はシルヴィア一人ですので、こうやって甘やかしたりするのは初めてです」

「シルヴィアはどうでもいいんだよ……アンタ、だよ。騎士団では鬼の隊長で名高いってのにさ」

ファイッ、と。何故か背後で勝負の始まりの鐘が鳴り響いたような気がした。

最近はだいぶ慣れてきたといっても、やはり楽しいものではない。自分の夫が口論というか何というかを繰り広げるのは、あまり心臓によろしいものではない。

それでも慣れたと思うのは、バトルを繰り広げる夫達の下で和《なご》やかな会話ができる余裕だった。

「クラウディアお義姉様、今度のクッションカバーの刺繍のデザインですけど～」

「え？　ああ、そうですね、私は花のモチーフでいこうかと思ってます」

もちろん、妻二人は夫の膝の上から退かない。

甘えるように夫の胸を背もたれにして、どうでもいい話をしている。

「おやおや、レオンハルト様ともあろう方が今の訓練が厳しいとおっしゃりますか」

「アンタの、胡散《うさん》臭い笑顔で正論だけど嫌味、ってのが胃もたれするだけ」

騎士団で俺に敬語なんて使った事ないくせにと、レオンハルトは目の前にあるワインを口にしている。

そういえば様付けで呼ぶのも城の中だけでしたねと、アルブレヒトはデザートチーズを口にしていた。

「ああ、レオンハルトお義兄様は私に先を越されて拗《す》ねていらっしゃるんですね？」

「きもっっ！　吐くっキモイっお義兄《にい》様とか言うなっ」

「大丈夫ですよ。私達夫婦の方が先に子供ができましたが、私の年齢的に焦らないといけないからであって、決してお義兄様の頑張りが足りない訳ではありません」

蕩けるような笑みを浮かべてシルヴィアの腹を撫でるアルブレヒトは、もう悔しがるレオンハルトを見ていない。

最近のバトルのラストは、いつもこんな感じだった。

蜜月という名の軟禁生活のお陰か、婚約式が終わり結婚式を済ませてすぐにシルヴィアの妊娠が発覚する。

それはもうみな喜んだ。主にアメルハウザー王国現国王夫妻と時期国王夫妻が、物凄く当事者を置き去りにして喜んだ。

「つか、早過ぎない？　いくらなんでも早過ぎだろ？」

「そういうものは……長く生きていれば色々な知恵が集まるものですよ」

「裏技とか使ってるんだろ、キモイ顔にやけてるキモイ」

「……素直に教えてくれと言えばいいのに」

「生き生きと従騎士イビリするような上官に教えてもらったら後が怖い」

夫達の会話バトルを尻目に、シルヴィアとクラウディアは今度はクラップフェンの中身のジャムについて話をしている。

シトロン派のシルヴィアとベリー派のクラウディアは喧嘩する事なく和やかに話をして

いる。

「でも最近はクラップフェンの油が苦手になってきちゃって」

「やっぱり酸っぱい物が欲しくなりますか?」

「元々、シトロンは好きだから急にって事はないかな~」

「シトロンとベリーの酸味って、なんか違いますよね~」

頭の上ではバトル中だというのに、膝の上に座っている妻二人はほのぼのだった。

だが、小さな声が響いてくる。

やってられない。本当にやってられない。やってられないったら、やってられない。

ぶつぶつと怨嗟《えんさ》のような呟きが部屋に響き渡る。

むしろどうしてココに俺がいるのか誰か教えて欲しいと、一応上座なんだけど一人掛け用のソファに座っているアンゼルムは遠い目をする。

「……なぁ、俺、部屋に帰っていいかな?」

「アンゼルムお兄様……お身体の具合が悪いとか? ねぇ、アル」

「大変っ……レオン、レオン」

お願いバトル中の二人を呼ばないでなんて、アンゼルムが言える訳もなかった。

あとがき

初めまして、永谷圓《ながたにえん》さくらです。

このたびは拙作『スウィート・マリアージュ』をお手に取って頂きありがとうございました。

今回の話は前作『フェイク・マリアージュ』に出ていたレオンハルトの妹のシルヴィアのお話です。一応、レオンハルトとクラウディアが婚約式を挙げた後のお話になりますが、繋がったお話ではありません。『フェイク・マリアージュ』がレオンハルトとクラウディアの話で『スウィート・マリアージュ』がシルヴィアとアルブレヒトの話になります。

そして私は主張します！

両片思い（お互いに好きなんだけどお互いの気持ちに気付いていない微妙な感じ）も好きですが！　両思いになった後のラブラブはもっと大大大好きです！

「……なんですけど、速攻ラブラブ馬鹿っぷるにしてもいいでしょうか？」と担当さんに聞いてみたところ、潔《いさぎよ》く了解をもらいました！　太っ腹！　だって、ほぼ、両思い馬鹿っぷるですよ⁉　え？もう？両思いになっただと⁉状態ですよ⁉　ラブ全開ですよ！

なので、びっくりするほど馬鹿っぷるの本になりました。とても私だけが満足です。

あ、もちろん合言葉は「はー〇〇〇〇ろ〇んす」と言ってみます。でも「もしかして、はー〇〇〇〇ろ〇んす？」に変化してます。


そして、色々な方に感謝を。

担当さまにはお世話になりました。

イラストをつけてくださった、坂本《さかもと》あきらさま。本当にありがとうございます。ラフ画を見て超絶格好良いアルブレヒトに鼻血が出るかと思いました！　そして作者で良かったな～と思う特典の簡易版ちまシルヴィア！　かーわーいーいー！なのです！

このシルヴィアならば膝の上に置いて愛でたい気持ちは痛いほど解るが！　アルブレヒトは限度とか節度とか色々と考えた方が……まぁ、仕方がないか！　可愛いし！アルブレヒトじゃ二十三歳↓三十九歳になってもカッコイイからシルヴィアも惚《ほ》れたままだろうが、ちょっと頭を冷やして自分を労《いたわ》ってあげて欲しい……まぁ、仕方がないよね！　カッコイイし！

と、納得できる可愛さと格好良さをありがとうございました！

相談に乗ってくれた山ちゃんも本当にありがとう。

ドジっ子萌《も》えの同志である山ちゃんと語り合った後に「よし！　それでいく！」と私が言ったら「いや、そんなにドジっ子でいいのか⁉」と心配してくれてありがとう。問題はないよ。大丈夫だよ。そんなドジっ子で平気だよ。私は、な！

しのちゃんもありがとう。修羅場《しゅらば》中に「何か欲しいものは？　時間と脳味噌と閃《ひらめ》き以外で」と言いながらも差し入れありがとう〜。

ゆきえちゃんもやよいちゃんもありがとう。

恒例ですが、家族にも色々と迷惑をかけました。

修羅場中に私が「神様が降臨してくれれば！」と言っていたせいで奇妙な踊りを踊るようになったが飽きて踊らなくなった妹ですが……最近は三点倒立をしているようです。もう、お姉ちゃんは突っ込みを入れる気力もないです。でも視界の端で三点倒立をしながら、「神様が降臨するようにお願いしているの！」という幻聴が聞こえてきます。

それでは。こんなところまで読んでくださった皆様。ありがとうございます。

少しでも楽しんで頂ければ幸いです。

スウィート・マリアージュ

ティアラ文庫をお買いあげいただき、ありがとうございます。
この作品を読んでのご意見・ご感想をお待ちしております。

✦ ファンレターの宛先 ✦
〒102-0072　東京都千代田区飯田橋3-3-1
プランタン出版　ティアラ文庫編集部気付
永谷圓さくら先生係／坂本あきら先生係

ティアラ文庫WEBサイト
http://www.tiarabunko.jp/

著者――永谷圓さくら（ながたにえん さくら）
挿絵――坂本あきら（さかもと あきら）
発行――プランタン出版
発売――フランス書院
〒102-0072　東京都千代田区飯田橋3-3-1
電話（営業）03-5226-5744
（編集）03-5226-5742
印刷――誠宏印刷
製本――若林製本工場

ISBN978-4-8296-6629-6 C0193

落丁・乱丁本は当社営業部宛にお送りください。お取替えいたします。
定価・発行日はカバーに表示してあります。

「……いいんだよ、我慢しなくて。

直ぐにイけるように教えたんだからね」

「あ、あるっ、まって、まってっ」

Illustration©

Akira Sakamoto